WITHDRAWN

Sandra Marton
Un jeque despiadado

HARLEQUIN™

Editado por HARLEQUIN IBÉRICA, S.A.
Núñez de Balboa, 56
28001 Madrid

I.S.B.N.: 978-84-9010-868-0
Depósito legal: M-13071-2012
Editor responsable: Luis Pugni
Fotomecánica: M.T. Color & Diseño, S.L. Las Rozas (Madrid)
Impresión en Black print CPI (Barcelona)
Fecha impresion para Argentina: 17.12.12
Distribuidor exclusivo para España: LOGISTA
Distribuidor para México: CODIPLYRSA
Distribuidores para Argentina: interior, BERTRAN, S.A.C. Vélez
Sársfield, 1950. Cap. Fed./ Buenos Aires y Gran Buenos Aires,
VACCARO SÁNCHEZ y Cía, S.A.
Distribuidor para Chile: DISTRIBUIDORA ALFA, S.A.

Capítulo 1

ERA UNA de esas noches en las que un hombre montaría en su caballo favorito y cabalgaría, largo y tendido, por las arenas del desierto.

El cielo estaba raso y las estrellas brillaban como antorchas en la negrura del firmamento. La luna iluminaba con su luz de plata la interminable llanura de aquel mar de arena.

Pero el jeque Karim al Safir no iba en su caballo esa noche. Su Alteza Real, el príncipe de Alcantar, heredero al trono, volaba a bordo de su jet privado a más de siete mil metros de altura sobre el desierto. Había un maletín abierto en el asiento de al lado y una taza de café, ya frío, en la mesita que tenía delante.

Miró una vez más el maletín, a pesar de que conocía de memoria su contenido. Lo había revisado mil veces en las dos últimas semanas y había vuelto a hacerlo de nuevo esa misma noche tras despegar de las islas del Caribe con destino a Las Vegas. Esperaba encontrar en aquel maletín alguna pista que despejara las incertidumbres en las que estaba sumido últimamente.

Se llevó a los labios la taza de café. Estaba frío. Se lo bebió de todos modos. Necesitaba su amargura y su cafeína para seguir adelante. Se sentía agotado. En cuerpo y alma.

Tal vez, si entrara en la cabina del piloto y le dijera que aterrizara allí mismo, en las arenas del desierto, para respirar un poco de aire fresco... Pero no, eso sería una locura.

En aquella tierra, difícilmente podría encontrar la paz que andaba buscando.

El desierto por el que sobrevolaba nada tenía que ver con el de su infancia. Las suaves ondulaciones de las dunas del desierto de Alcantar, que se extendían hasta las aguas de color turquesa del golfo Pérsico, quedaban ya a varios miles de kilómetros.

Miró por la ventanilla. Las luces de neón de Las Vegas comenzaban a verse ya, al final de aquel desierto. Apuró la taza de café.

Las Vegas.

Había estado allí ya en otra ocasión. Un conocido había tratado de convencerle para que invirtiese en la construcción de un hotel de lujo. Había aterrizado en el aeropuerto de McCarran a primera hora de la mañana y había regresado a Nueva York esa misma noche.

No le había gustado nada la ciudad. Todo su aparente esplendor y glamour le había parecido falso. Tan falso como una vieja prostituta queriendo hacerse pasar por una cortesana de lujo a base de maquillaje, perfumes y vestidos llamativos. Al final, no había invertido su dinero, o mejor dicho, el dinero de su fundación, en aquel proyecto.

Definitivamente, Las Vegas no estaba hecha para él. Pero tal vez sí para su hermano.

Rami había pasado allí casi tres meses. Más tiempo del que había estado en ningún otro lugar en los últimos años. Parecía haberle atraído tanto como la luz a las polillas.

Karim se reclinó en su asiento de cuero.

Después de todo, no era de extrañar, conociendo a su hermano como le conocía.

Tenía que enfrentarse a la dura realidad y atar los cabos sueltos sobre las circunstancias de la muerte de su hermano.

Atar los cabos sueltos, se dijo Karim para sí, con un gesto de amargura.

Esa había sido la frase de su padre. Lo que ahora estaba tratando de hacer era limpiar y poner en orden todos los desatinos y despropósitos que su hermano Rami había dejado tras de sí, pero sin que su padre se enterase, pues creía que su hijo menor había estado viajando por medio mundo solo para tratar de encontrase a sí mismo.

Karim pensaba que eso de encontrarse a sí mismo era un lujo que no podía permitirse un príncipe. Desde muy niño, había aprendido las obligaciones y responsabilidades que tenía con su pueblo. Solo Rami parecía haber quedado exento de esos deberes.

«Tú eres el heredero, hermano», solía decirle a Karim, con una sonrisa. «Yo soy solo el segundón. Un repuesto, como si dijéramos».

Tal vez, si Rami hubiera tenido unos principios éticos y morales más elevados, no habría aparecido degollado de aquella forma tan tétrica en una fría calle de Moscú.

Pero era ya demasiado tarde para ese tipo de especulaciones.

Karim había sentido un dolor indescriptible al conocer la noticia y pensó que, atando los cabos sueltos que su hermano había dejado en su turbulenta vida, podría encontrar una razón y un sentido a sus actos.

Respiró hondo. Lo único que podía hacer para lavar el honor y el buen nombre de su hermano era pagar las deudas que había contraído. Rami era un jugador empedernido, un mujeriego y algo aficionado a las drogas. Había pedido prestado dinero que no había devuelto. Había dejado facturas y deudas sin pagar en multitud de hoteles y casinos de medio mundo: Singapur, Moscú, París, Río de Janeiro, Jamaica, Las Vegas...

Todas esas deudas debían ser resarcidas, más por razones morales que legales.

Deber. Obligación. Responsabilidad. Todos esos valores de los que Rami se había burlado eran ahora una pesada carga para Karim.

Por eso se había embarcado en aquel infausto viaje que casi podría ser considerado una peregrinación. Había recorrido buena parte de todas aquellas ciudades entregando cheques en mano a banqueros, directores de casinos, propietarios de tiendas. Había pagado cantidades ingentes de dinero en efectivo a hombres de dudosa moral en sucias habitaciones. Había oído cosas sobre su hermano que nunca se habría imaginado y que quizá nunca podría olvidar.

Ahora, con la mayoría de los cabos sueltos ya atados, su peregrinación estaba a punto de tocar a su fin. Dos días en Las Vegas. Tres a lo sumo. No quería quedarse más tiempo en aquella ciudad. Por eso estaba volando de noche. Para aprovechar mejor el tiempo.

Una vez resuelto todo, iría a Alcantar a informar a su padre, aunque sin contarle los detalles. Después, regresaría a Nueva York a hacer su vida normal como presidente de la Fundación Alcantar y trataría de olvidar aquellos amargos recuerdos.

–¿Alteza?

La tripulación de su jet privado era pequeña, pero muy eficiente: dos pilotos y una azafata nueva que aún estaba emocionada por tener el honor de trabajar para el príncipe de Alcantar.

–¿Sí, señorita Sterling?

–Llámame Moira, señor. Vamos a tomar tierra en una hora.

–Gracias –respondió él, cordialmente.

–¿Puedo ayudarle en algo, señor?

¡Ayudarle! ¿Podría ella hacer retroceder el tiempo para hacer que su hermano siguiese con vida y tener así la ocasión de inculcarle un poco de sensatez y sentido del deber?, ¿podría retrotraer a Rami a sus años de infancia, cuando era un chico alegre y desenfadado?

–Gracias, estoy bien, no necesito nada.

–Muy bien, Alteza. Si cambia de opinión...

–No se preocupe, la llamaré.

–Como usted diga, Alteza –dijo la chica con una pequeña reverencia.

Luego hizo una ligera genuflexión y desapareció por el pasillo.

Karim sonrió levemente. Tendría que recordarle a su jefe de protocolo que la tradición de inclinar la cabeza al paso de un miembro de la realeza había quedado en desuso desde hacía ya muchos años en su país.

Se arrellanó en el asiento. Bueno, después de todo, la chica solo estaba haciendo lo que consideraba su deber. Él, mejor que nadie, lo comprendía. Había sido educado para cumplir con su deber. Era algo que tanto su padre como su madre le habían inculcado desde la infancia.

Su padre había sido y seguía siendo un hombre severo. Primero rey y luego padre.

Su madre había sido una incipiente estrella de cine en Boston. Mujer de gran belleza y modales refinados, había decidido en los últimos años llevar una vida alejada de su marido y de sus hijos. Había llegado a odiar aquel país de desiertos y temperaturas extremas.

Karim recordaba cómo en cierta ocasión, de niño, se había agarrado a la mano de su niñera, conteniendo las lágrimas, porque se suponía que un príncipe no debía llorar, mientras veía a su bella madre marcharse del palacio en una limusina.

Rami había salido enteramente a ella. Alto, rubio y con los ojos azules.

Él, por el contrario, tenía los ojos de un tono gris frío, mezcla de los ojos azules de su madre y de los castaño oscuro de su padre. Tenía los mismos pómulos prominentes y la boca bien perfilada de su madre, y la complexión atlética y musculosa de su padre.

Rami había salido a ella no solo en lo físico. Aunque no había llegado a odiar Alcantar como ella, había preferido irse también a vivir a lugares con más lujos y comodidades.

Él, en cambio, había amado siempre a su país, con su desierto y sus inclemencias. Se había criado en el palacio de su padre, construido sobre un gran oasis al pie de las Montañas Vírgenes, teniendo por amigos a su hermano Rami y a los hijos de los ministros de su padre.

A los siete años, ya sabía montar a caballo sin silla, hacer fuego frotando una rama seca con una piedra de sílex o dormir al aire libre bajo el único abrigo de la luz de las estrellas.

De eso hacía ya veintiséis años. Ya por entonces, apenas quedaban algunas pequeñas tribus en Alcantar que llevaran esa clase de vida, pero el rey había considerado vital que tuviera esas experiencias para que comprendiera y respetara las tradiciones de su pueblo.

Era algo que le había dicho muchas veces cuando era niño. Y también a Rami, aunque no hubiera estado destinado a sentarse en el trono.

¿Qué le habría llevado a su hermano a tomar aquel rumbo en la vida? Era una pregunta que se había hecho desde hacía años. ¿Tal vez el saber que él no reinaría nunca? ¿O el hecho de que, a la muerte de su madre, su padre decidiera ahogar su dolor entregándose por entero al gobierno de su país, distanciándose de sus hijos?

Los había mandado a estudiar a Estados Unidos, tal como su madre hubiera querido.

Tanto Rami como él se habían sentido extraños en aquella cultura tan diferente de la suya. Habían sentido nostalgia de su país. Aunque cada uno por razones diferentes.

Rami echaba de menos los lujos del palacio y él el

cielo infinito del desierto. Pronto comenzó a faltar a clase y a juntarse con chicos problemáticos. Terminó, a duras penas, sus estudios en el instituto y consiguió una plaza en una pequeña universidad de California donde se «especializó» en mujeres, juegos de azar y en hacer promesas que nunca cumplió.

Karim, por el contrario, estudió duro. Sacó con sobresaliente sus estudios en el instituto y fue admitido en la prestigiosa Universidad de Yale, donde se graduó en Derecho y Administración de Empresas. Con veintiséis años creó un fondo de inversión en beneficio de su pueblo, que gestionó él mismo en lugar de recurrir a algún charlatán de Wall Street.

Rami, por entonces, había conseguido un trabajo en Hollywood, como ayudante de un productor de películas de serie B. Tenía ese trabajo y otros que conseguía haciendo valer su glamour y su condición de hijo del rey de Alcantar.

A los treinta años, cuando recibió la herencia que su madre le había dejado, renunció al trabajo para hacer lo mismo que ella había hecho: viajar por el mundo.

Karim había tratado de hablar con él. Y no una sola vez, ni dos, ni tres, sino muchas. Le había hablado de la responsabilidad, del cumplimiento del deber y del honor.

Pero Rami se había limitado a responderle, con una sonrisa, que eso no iba con él, que él no era el heredero, que él solo estaba de repuesto.

Después dejaron de verse, hasta que se enteró de que estaba...

«Muerto», se dijo Karim para sí, sin poder todavía aceptarlo.

Su cuerpo fue repatriado desde Moscú hasta Alcantar, donde fue enterrado con todos los honores propios de un príncipe.

Cuando su padre, desolado ante la tumba de Rami,

le preguntó cómo había muerto su hermano, él le respondió que en un accidente de automóvil.

Cosa que, hasta cierto punto, era verdad. Rami había tenido, al parecer, algunas diferencias con un traficante de cocaína, habían discutido acaloradamente y el individuo había acabado cortándole la garganta con un cuchillo. Rami, tambaleándose y medio moribundo, había tratado de cruzar la calle, resultando atropellado violentamente por un automóvil.

Karim se revolvió en el asiento del avión. ¿Qué sentido tenía volver a revivir aquellos amargos recuerdos? Pronto dejaría atados todos «los cabos sueltos» y regresaría a...

Escuchó de pronto una vibración brusca. El piloto estaba desplegando el tren de aterrizaje. Momentos después, tomaron tierra. Se levantó del asiento y tomó el maletín que contenía las pistas que le ayudarían a cumplir la misión que le había llevado hasta allí. Eran cartas de varios hoteles y casinos, expresando sus condolencias por la muerte de Rami pero recordando, al mismo tiempo, las considerables facturas que había dejado a deber.

Había también un sobre pequeño con una llave y un trozo de papel con una dirección garabateada, con la letra de Rami.

¿Habría conseguido su hermano echar allí algún tipo de raíces?

¿Qué importaba ya eso?, pensó él con gesto de indiferencia. Ya era demasiado tarde.

Quería acabar aquello cuanto antes. Se levantaría muy temprano al día siguiente, pagaría las facturas pendientes de su hermano y luego iría, con esa llave, a la dirección escrita en el papel. Seguramente, le reclamasen allí el alquiler de varios meses que Rami habría dejado a deber. Una vez hecho todo, podría olvidar aquella pesadilla y volver a su vida normal.

Su jefe de protocolo le había reservado un coche de alquiler y una suite en uno de los mejores hoteles de la ciudad. El coche estaba equipado con GPS, así que Karim introdujo el nombre del hotel y se dirigió a la ciudad, siguiendo las indicaciones del instrumento.

Era cerca de la una de la noche cuando llegó a Las Vegas Strip, una de las avenidas más famosas del mundo. Las tiendas estaban abiertas y había gente por todas partes. Se respiraba una atmósfera de bullicio y alegría que a Karim, sin embargo, no le sedujo lo más mínimo.

Al parar frente a la puerta del hotel, un mozo se hizo cargo de su coche. Karim le dio un billete de veinte dólares y le dijo a otro, que se acercó inmediatamente a llevarle las maletas, que él se encargaría personalmente de ellas.

Se oía el sonido ensordecedor de las máquinas tragaperras cercanas.

Se dirigió al mostrador de recepción, abriéndose paso entre varios grupos de hombres y mujeres que parecían estar divirtiéndose. Tras registrarse, subió al ascensor y pulsó el botón de la planta décima. Había dos mujeres y un hombre. El hombre iba abrazado a las dos mujeres. Una de ellas le acariciaba el pecho y la otra le pasaba la lengua por la oreja.

Cuando las puertas del ascensor se abrieron al llegar al ático, Karim salió y respiró aliviado.

Entró en la suite. Era grande y confortable.

Se desvistió y se dio una ducha. Dejó que el agua caliente le cayera a chorros por el cuello y por los hombros con la esperanza de vencer el cansancio que llevaba acumulado.

Pero no resultó. Tal vez lo que de verdad necesitase fuera dormir y descansar.

Se metió en la cama. Pero no consiguió conciliar el sueño. No era de extrañar. Después de dos semanas deambulando por medio mundo con aquella misión que él mismo se había encomendado, sabía que no descansaría hasta que todo estuviera zanjado.

Después de unos minutos, se dio por vencido. Tenía que hacer algo: dar un paseo a pie o en coche, ir a visitar los hoteles donde Rami había derrochado esas cantidades tan astronómicas de dinero, o tal vez ir a ver el apartamento donde su hermano debía de haber vivido y cuya llave tenía él ahora en su poder.

No esperaba encontrar nada de valor en él, pero, si hubiera algún objeto personal suyo, a su padre le gustaría conservarlo como recuerdo.

Se puso unos pantalones vaqueros, una camiseta negra, unas zapatillas deportivas y una cazadora de cuero negro. Los desiertos eran muy fríos por la noche, y aquel de Las Vegas no iba a ser una excepción, por más que estuviese junto a aquella gran ciudad llena de luces y colores. Tomó la llave del maletín y memorizó la dirección del papel. Colgando de la llave había una pequeña chapa identificativa: *4B*. El número del apartamento, sin duda.

El mozo le tenía preparado el coche en la misma puerta del hotel. Karim le dio otro billete de veinte dólares, entró en el automóvil, introdujo en el GPS la dirección del papel y siguió el itinerario que le iba marcando. Quince minutos después, llegó a su destino.

Era un edificio anodino y sin personalidad, ubicado en una parte de la ciudad que se parecía a Las Vegas como la noche al día. Era un barrio tan oscuro y sombrío como el edificio mismo.

Karim frunció el ceño. Le costaba trabajo aceptar que su hermano pudiera haber vivido allí. Tal vez fuese un error del GPS. Esos aparatos eran muy exactos y fiables, pero, cuando los satélites sufrían alguna avería, podían dar indicaciones erróneas.

Pero no. Miró la placa de la calle y comprobó que era la dirección correcta.

¿Habría perdido Rami su afición por el lujo prefiriendo lugares humildes?

Solo había una manera de averiguarlo.

Salió del coche, lo cerró con llave y se dirigió hacia el edificio.

La puerta exterior no estaba cerrada con llave. Entró. El vestíbulo apestaba. Las escaleras crujían. Creyó pisar algo blando y pegajoso mientras subía, pero prefirió no pensar en ello y siguió adelante. Primer piso, segundo, tercero y cuarto. Allí estaba. El apartamento 4B.

Karim titubeó. ¿Era eso lo que quería hacer realmente esa noche? ¿Entrar en aquel apartamento que sería con toda probabilidad un cuchitril asqueroso y lleno de mugre?

Recordó la época en que iba a ver a Rami a California. Lo primero que veía al entrar era el fregadero y la mesa llenos de platos sucios, el frigorífico con alimentos caducados o en mal estado y la ropa arrugada o tirada por el suelo.

No le importaba lo sucio que pudiera estar el apartamento, solo había ido allí en busca de los objetos personales de Rami.

Introdujo la llave en la cerradura. La puerta se abrió. Lo primero que notó fue un olor especial, no a suciedad, sino a algo agradable. Tal vez azúcar o galletas o leche...

Lo segundo que observó fue que no estaba solo. Había alguien a escasos metros de él.

Era una mujer que estaba de espaldas. Era alta, delgada y estaba... desnuda.

La recorrió con la mirada de arriba abajo. Tenía un hermoso pelo rubio que le caía por los hombros como una lluvia de oro y una espalda recta y elegante. Su cintura era estrecha y acentuaba la curva de sus caderas y la longitud de sus maravillosas piernas de infarto.

Debía de haberse equivocado de apartamento.

La mujer se dio la vuelta. No estaba desnuda. Llevaba un sujetador minúsculo con lentejuelas y un tanga diminuto en forma de triángulo de plata brillante. Tenía un cuerpo bellísimo, pero su rostro lo era aún más, aunque, en aquel momento, reflejaba un miedo cerval.

Karim levantó las manos en son de paz, para tranquilizarla.

–Está bien –dijo él–. Creo que me he equivocado. Pensé que...

–Conozco bien sus intenciones. Usted es... un pervertido –dijo la mujer, abalanzándose sobre él antes de que pudiera reaccionar.

Llevaba algo afilado en la mano. Era un zapato. Un zapato de aguja, con un tacón tan largo y afilado como un estilete.

–¡Eh! –exclamó Karim echándose hacia atrás–. Escúcheme un momento. Solo quiero...

Ella le lanzó el zapato a la cara, pero él se apartó con rapidez y acabó alcanzándole solo en el hombro. Le agarró de las muñecas para tenerla sujeta.

–¿Quiere escucharme un minuto? Maldita sea, solo un minuto...

–¿Para qué? –exclamó la mujer.

Ella creía saber quién era él: el pervertido que la había estado desnudando toda la noche en la sala de juego con la mirada. No podía esperar otra cosa de él sino que intentara violarla.

Trató de soltarse para volver a defenderse con el zapato, pero Karim la sujetó con fuerza y la apretó contra la pared inmovilizándola.

–¡Maldita mujer! ¿Quiere escucharme de una vez?

–No hay nada que escuchar. Sé bien lo que quiere. Estuvo bebiendo toda la noche sin dejar de mirarme. Ya sabía yo que me iba a traer complicaciones. Lo reconocí nada más verlo en...

Se detuvo un instante y miró a Karim detenidamente.

No, se había equivocado. Él no era el hombre que la había estado desnudando con la mirada.

El pervertido era calvo, y con una mirada viciosa que ocultaba bajo unas gafas de cristales grandes y gruesos como culos de botella, mientras que el hombre que tenía ahora delante lucía un espeso cabello negro y tenía unos ojos grises y fríos como una mañana de invierno.

Aunque, después de todo, qué importaba eso. Era un hombre y había entrado en su apartamento. Después de tres años en Las Vegas, sabía muy bien lo que eso significaba...

—Se equivoca. No he venido aquí a hacerle ningún daño —dijo Karim.

—Entonces salga inmediatamente por esa puerta y váyase. De lo contrario me pondré a gritar y llamaré a la policía.

—Tranquilícese y escúcheme. He venido aquí, al apartamento de mi hermano, pensando que no habría nadie.

—Pues ya ve que se ha equivocado. Este apartamento es... ¿De qué hermano está hablando?

—De mi hermano Rami. ¿Le conocía?

Por supuesto que sí. Y sabía también que, si el hombre que tenía frente a ella era en verdad el hermano de Rami, tendría que ser Karim de Alcantar, el todopoderoso y despiadado príncipe.

—Yo... yo.

—¿Qué hace usted aquí? —exclamó él con firmeza—. Este apartamento pertenece a Rami.

Eso no era cierto. El apartamento era suyo y siempre lo había sido. Aunque había permitido que su hermana Suki y luego su amante lo utilizaran.

Ahora, gracias a Dios, los dos se habían marchado y ella podía vivir sola tranquilamente...

Cosa que tampoco era verdad. Ella no vivía allí sola...

—¿Quién es usted? —preguntó Karim, y luego añadió elevando un poco el tono de voz al ver que ella no respondía—: ¡Responda! ¿Quién es usted? ¿Qué está haciendo aquí?

—Soy... una amiga de Rami. Una buena amiga.

Capítulo 2

KARIM se quedó de piedra al oírlo.

Aquella mujer había sido la novia de su hermano. Por una vez en su vida, Rami se había enamorado de una mujer que era distinta de las habituales con las que salía.

Todo era sorprendente y confuso. El vestido de aquella mujer, si podía llamarse así a lo que llevaba puesto, resultaba muy llamativo. Sin embargo, ella no parecía querer dar una imagen provocativa. Había algo en ella, tal vez en sus ojos azul oscuro, que parecía reclamar respeto e incluso precaución.

Era, sin duda, una mujer valiente. Cualquier otra, al ver entrar a un intruso en su apartamento, se habría puesto a gritar como una histérica o a rogarle que no le hiciera daño. Pero ella, no. Ella le había hecho frente, tratando de defenderse con un arma.

Un arma bastante inusual, pensó él con ironía, contemplando el zapato que tenía a sus pies, no muy lejos de su compañero. Podría haberle hecho mucho daño, teniendo en cuenta lo afilados que estaban aquellos tacones y que debían de medir no menos de diez centímetros.

Una amante le había dicho en cierta ocasión que los zapatos de aguja era una auténtica tortura, pero que seguiría poniéndoselos. Todas las mujeres sabían que los hombres las encontraban así mucho más atractivas y deseables. Hacían las piernas más largas y esbeltas y le daban a la pelvis una inclinación hacia delante muy seductora.

Aunque aquella mujer no necesitaba que sus piernas parecieran más largas. Incluso ahora, con los pies descalzos, parecían interminables.

Fijándose mejor, vio que llevaba medias. Eran pantys, o como se llamase aquella malla negra transparente que ejercía tal poder magnético sobre él, que le hacía recorrer sus piernas con la mirada hasta verlas desaparecer bajo aquel diminuto tanga.

Con tacones o sin ellos, contemplar aquel cuerpo era un verdadero espectáculo. Elegante. Sexy. Sí, era muy hermosa, y estaba seguro de que todo en ella era natural. Conocía a mujeres que habían pasado por el quirófano para hacerse algún tipo de arreglo y todas habían quedado con una especie de rigidez que más parecían maniquíes que mujeres vivas de carne y hueso.

Los pechos de aquella mujer no eran ni grandes ni pequeños. Eran del tamaño justo para sus manos. Y sus pezones... Debía de ser un placer poder saborearlos con la lengua.

Karim sintió una gran excitación. Llevaba, sin duda, demasiado tiempo sin haber estado con una mujer. Eso lo explicaba todo. Ella era muy hermosa, pero no podía olvidar que era, o mejor dicho, había sido, la novia de Rami.

Además, a él le gustaban las mujeres un poco más... recatadas.

Él era un jeque de un reino con una larga tradición y una cultura en la que resultaba difícil encajar algunos conceptos modernos sobre las mujeres. Pero era también un hombre del siglo XXI, educado según la mentalidad occidental. Creía sinceramente en la igualdad entre el hombre y la mujer, pero aun así, prefería que la mujer se mostrase un poco retraída y tímida.

Desde luego, la mujer que tenía delante no lo parecía en absoluto.

Frunció el ceño. ¿Qué le importaba a él todo eso?

Rami estaba muerto. Tenía que ir al grano y zanjar el asunto cuando antes, decir a esa mujer que su amante había muerto y que tenía hasta finales de mes para desalojar el apartamento.

Ella había dicho que era suyo, pero seguramente había sido solo una forma de hablar.

En cualquier caso, le extendería un cheque generoso. Era lo menos que podía hacer por la mujer que había sido la novia de su hermano.

Miró al reloj. Eran ya más de las seis de la mañana. Tendría que ir desde allí a saldar el resto de las deudas que Rami había contraído en Las Vegas. Con un poco de suerte, podría pasar en Alcantar el fin de semana. Luego regresaría a Manhattan a volver a hacer su vida normal.

–¿Y bien? –dijo la mujer de repente–. Si usted es realmente el hermano de Rami, dígame cómo se llama y qué está haciendo aquí

Karim dudó un instante. Por sus palabras, se veía que ella no estaba al corriente de la muerte de Rami. Pero no sabía si decírselo suavemente o exponerle los hechos de forma cruda y sin ambages. Tal vez así sería mejor para acabar de una vez con todo aquel asunto.

A pesar de su aspecto femenino, de su boca de rosa, de sus pechos turgentes y erguidos, de la suave curva de sus caderas..., no podía imaginar que hubiera algo de fragilidad en ella.

Era la imagen misma de la rebeldía: unos ojos azul oscuro destellantes, una barbilla altiva y una expresión de desafío. Pero él podría cambiar eso en un segundo. Todo lo que tenía que hacer era recordarle que él tenía el control de la situación. No sería muy difícil.

La estrecharía entre sus brazos, hundiría una mano en la seda de su pelo dorado, le alzaría la cara hasta tener su boca junto a la suya y la besaría. Ella se resistiría, pero solo durante unos segundos. Luego su piel ardería de deseo, abriría los labios y se pondría a gemir pidiendo más. No importaba que sus gemidos fueran falsos o verdaderos, porque luego la acostaría en el sofá, le quitaría el sujetador, el tanga y los pantys, y entonces sus gemidos no serían fingidos, sino que, rendida y entregada, se abriría a él, rogándole que entrara dentro de ella...

¡Maldita sea!, se dijo Karim, volviéndose de espaldas y haciendo como si estuviese mirando el suelo y las paredes del apartamento, para ocultar su excitación y tratar de controlarse.

–¿Cómo se llama usted? –preguntó él bruscamente.

–Yo se lo pregunté primero.

Él casi se echó a reír. Aquello parecía una disputa entre colegiales.

–¿Tan difícil le resulta decir quién es?

–Rachel. Rachel Donnelly –respondió ella finalmente.

–Eso está mejor, Rachel. Yo soy Karim. Tal vez Rami le hablara de mí.

Rachel trató de ocultar su angustia. Sus peores augurios se habían confirmado.

Sí, Rami le había hablado de él. Pero no a ella. A ella nunca le había dicho más que «hola» y «adiós», exceptuando las veces en que le había susurrado al oído las ganas que tenía de acostarse con ella. Había sido a su hermana Suki a la que se lo había contado.

Suki odiaba a Karim sin haberlo visto. Según ella, Karim era la causa de todos los males de Rami. Por culpa de él, no tenía dinero ni recibía de su padre el trato que merecía. Era un arrogante, ambicioso y despiadado. Había conseguido enemistar a Rami con su padre. No se preocupaba por nadie más que por sí mismo y estaba dispuesto a aplastar a cualquiera que tratara de impedirle convertirse en el heredero absoluto de la fortuna y el poder de su padre.

Karim, el jeque despiadado y sin corazón.

Rachel no le había prestado mayor atención a esa historia, hasta que Rami primero y Suki luego se marcharon de su apartamento. Rami se había ido un buen día sin despedirse siquiera, llevándose todas sus cosas. Suki, por su parte, solo había dejado un montón de ropa sucia, un olor a perfume barato y algo que no había querido llevarse consigo...

Después de eso, había empezado a pensar en las cosas que había oído contar sobre aquel hermano de Rami y en cómo reaccionaría si alguna vez llegara a enterarse de lo que su hermana había dejado atrás. Pero lo que nunca había llegado a imaginarse era que se presentara allí en la puerta de su apartamento, a altas horas de la noche y sin previo aviso.

Suki le había contado que aquel jeque viajaba siempre con todo un séquito. Sin embargo, ahora estaba allí solo, tratándola con un desprecio mal disimulado mientras la miraba de forma lujuriosa con aquellos fríos ojos grises.

Rachel conocía muy bien esa mirada. Estaba acostumbrada a verla en los hombres a los que servía copas en el casino. Ella odiaba todo lo relacionado con su trabajo: los clientes, el ambiente, el tintineo de las fichas y aquel atuendo horrible.

Ella se había negado a llevarlo al principio, pero su jefe le había dicho:

–¿Quieres el trabajo? Pues entonces haz lo que te digan y deja de protestar.

Sus compañeras habían sido aún más directas.

–Si prefieres ser una chica digna y formal, ve a fregar platos a uno de esos restaurantes donde van a comer todos esos obreros que no tienen donde caerse muertos.

Rachel ya lo había intentado, pero con el dinero que ganaba allí no podía pagar el alquiler del apartamento y mantener a la vez a su hermana Suki.

Así que, cada mañana al despertar, apretaba los dientes, se ponía aquel uniforme indecente y se iba a servir copas a aquellos hombres de mirada viciosa que se creían con derecho a todo.

Pero tenía que resignarse. Sabía que, después de todo, los hombres eran así.

Por si fuera poco, Suki metió luego a Rami en el apartamento. Unos meses después, cuando ya no podía soportar más aquella situación, se enfrentó a su hermana y le dijo que se fuera con su novio a vivir a otro lugar.

Suki se echó a llorar y dijo que no podía hacer eso. Que tenía un problema...

Un «problema» que lo había cambiado todo.

La voz imperiosa de Karim, le devolvió a la realidad.

—¿Ha perdido el habla, señorita Donnelly? No puedo estar aquí perdiendo el tiempo.

¿Qué hora sería?, pensó ella. Miró el reloj de la pared. Eran ya las seis y cuarto. Hacía dos horas que había salido del trabajo. Eso significaba que la razón por la que se había quedado en Las Vegas aparecería por la puerta en menos de cuarenta y cinco minutos.

Siempre se había preguntado qué haría cuando llegase el momento.

Ahora estaba segura de lo que tenía que hacer.

El hermano de Rami no sabía nada. De lo contrario, habría venido a reclamar sus derechos.

—¿Tanto interés por saber mi nombre y ahora no tiene nada que decirme? —dijo Karim.

Rachel levantó la vista. El jeque seguía allí de pie, inmóvil, con los brazos cruzados, el cuerpo tenso y una expresión tan fría que parecía más bien la estatua en piedra de algún dios griego. Pero ella sabía que era un malnacido, un experto en manipular a las personas.

—La verdad es que solo quería confirmarlo. Me figuré quién era nada más verle.

—¿De veras?

–Rami le describió con bastante exactitud. Arrogante, egoísta, déspota. Sí, fue una buena descripción –dijo ella, viendo complacida el gesto descompuesto de Karim–. Es un jeque, ¿verdad? De Alashazam o Alcatraz o algo por el estilo... Bien. Rami no está aquí. Ya le diré, cuando lo vea, que ha venido a verle el jeque de no sé dónde. Y ahora, discúlpeme, pero...

–Soy el príncipe Karim –replicó él muy altivo–. Pero llámeme Alteza o jeque si lo prefiere.

–Muy bien, Alteza o jeque, le daré a Rami su mensaje. ¿Alguna cosa más?

Karim vio la sonrisa burlona en sus labios y sintió deseos de estrecharla entre sus brazos y borrársela con sus besos. Debía de ser de ese tipo de mujeres que usaba el sexo para hacerse con el control de la situación. Pero él no era tan estúpido como para permitírselo.

–¿No? –exclamó ella sin perder la sonrisa–. Está bien. En ese caso, adiós y buena suerte. Y procure no cerrar la puerta de golpe al salir...

–Rami está muerto.

No tenía intención de darle la noticia de forma tan brusca pero, maldita sea, ella no hacía más que provocarle. Bueno, ya era demasiado tarde para rectificar. Aunque estaba seguro de que no era de esas mujeres que se desmayaban o les entraba un ataque de ansiedad fácilmente.

–¿Muerto?

Había acertado. Ni se iba a desmayar, ni siquiera se iba a poner a llorar.

–Sí. Murió el mes pasado. En un accidente.

–¿Entonces a qué ha venido usted aquí?

–¿Eso es todo lo que se le ocurre decir? Le acabo de informar de que su amante está muerto.

–¿Mi amante?

–Sí, el hombre que la mantenía –dijo él secamente–. Si lo entiende así mejor.

–Pero, Rami...

Su voz se desvaneció. Pareció como si comprendiera ahora el verdadero alcance de lo que Karim le estaba diciendo. Rami estaba muerto.

¿Cambiaba eso en algo las cosas? Probablemente, no. Tal vez solo sirviese para reafirmarse en su idea de seguir con su plan hasta que volviese a ver a su hermana Suki.

–¿Por qué no me dice la verdad? –exclamó Karim agarrándola por los brazos–. Los dos sabemos que mi hermano se fue de esta casa hace unas semanas.

Rachel levantó la vista. Nunca había visto unos ojos más llenos de desprecio.

–¿Por qué me pregunta entonces cosas que ya sabe?

–Lo único que sé –respondió él con un gesto de desdén– es que a usted no le importa lo más mínimo que él haya muerto.

–¡Suélteme! ¡Me hace daño!

–¿Cuánto tiempo tardará en encontrar un nuevo amante? Otro tonto que la mantenga, le pague sus facturas y esté dispuesto a comprar eso que vende.

–¡Salga de mi casa inmediatamente! –exclamó ella furiosa con los ojos encendidos.

–¿Su casa? Rami era quien lo pagaba todo. Usted lo único que hacía era calentarle la cama.

Karim estaba descontrolado. Muchos años atrás, había amado a su hermano con todo su corazón. Habían jugado juntos y se habían contado sus secretos. Habían llorado también juntos al saber la noticia de la muerte de su madre, y se habían dado ánimos mutuamente cuando su padre les mandó a estudiar a una tierra nueva, lejana y desconocida para ellos.

Aquellos eran solo unos recuerdos ya lejanos que él había tratado de mantener ocultos.

Pero esa mujer frívola que había sido la novia de su hermano los había hecho revivir.

Había visto a gente mostrando más dolor al contemplar un ciervo muerto en la carretera que el que Rachel Donnelly demostraba ahora al conocer la noticia de la muerte de Rami.

–Maldita sea –gruño él–. ¿Es que no tiene sentimientos?

–¡Curiosa pregunta, viniendo de un hombre como usted!

Karim creyó ver una pequeña neblina roja delante de los ojos. La apretó con más fuerza. Ella trató de soltarse y le dio con el puño cerrado en el hombro. Él le sujetó los brazos por detrás de la espalda con una sola mano y la apretó contra su pecho para inmovilizarla.

–¿Es así como trataba a Rami? –exclamó él–. Pretendía volverle loco, también, ¿verdad?

La agarró con fuerza por la barbilla con la mano libre e inclinó la cabeza hasta que su boca estuvo apenas a unos centímetros de la suya...

Entonces se detuvo. ¿Qué estaba haciendo? Ese no era él. No se reconocía en aquel hombre que estaba haciendo uso de la fuerza con una mujer. No importaba lo que ella sintiese o dejase de sentir por su hermano. No tenía derecho a tratarla así.

La soltó. Dio un par de pasos atrás y se aclaró la garganta.

–Señorita Donnelly...

–¡Salga inmediatamente! –exclamó ella, echando fuego por los ojos–. ¡Fuera, fuera...!

–¿Rachel?

Karim volvió la cabeza hacia la puerta. Una mujer de mediana edad, algo regordeta y de rostro agradable, estaba mirando a Rachel. Luego le miró a él y de nuevo a Rachel.

–¿Está todo bien, querida?

Rachel no respondió. Karim se volvió hacia ella. Es-

taba pálida y sus pechos subían y bajaban acelerada-
mente.

–Señora Grey... –dijo Rachel con la voz entrecortada–. Si pudiera volver un poco más tarde...

–Al entrar, pensé, al principio, que era él –dijo la señora Grey, con el ceño fruncido–. Tiene el pelo distinto,
pero la misma estatura, el mismo porte... Sabe a quién
me refiero, ¿verdad? A ese extranjero. Randy, Ray-
mond, Rasi o como se llame.

–No –dijo Rachel, negando con la cabeza–. No es él.
No pretendo pedirle... Pero no podría...

–Claro que sí, la entiendo. Es un hombre muy atractivo, eso salta a la vista.

–Señora Grey –dijo Rachel con la voz más formal
que pudo–. Este caballero y yo tenemos algunos asuntos que tratar. Luego...

–Lo siento, querida, pero llevo prisa. He venido con
mi hija. Va a empezar a trabajar en el turno de la mañana y tengo que acompañarla cuando salga de aquí,
para que sepa dónde se toma el autobús y todas esas cosas, ya sabe... –dijo la mujer, y luego añadió mirando a
Karim–: ¿Es su nuevo novio?

–No, señora –dijo Karim secamente–. Yo no soy el
novio de la señorita Donnelly.

–Es una lástima. Usted parece un hombre agradable.
No como ese Rasi –dijo la mujer moviendo la cabeza a
uno y otro lado con cara de desagrado.

–¿Mamá? Vas demasiado deprisa para mí. Has llegado
ya arriba y a mí aún me quedan dos pisos –dijo la hija de
la señora de Grey con una sonrisa, desde la escalera.

Al poco, apareció en la puerta. La chica era una co-
pia a escala reducida de su madre.

Llevaba algo en los brazos. ¿Qué era? ¿Una manta?
¿Un paquete?

Karim se quedó sin aliento. Era un bebé. Un bebé
que le recordó a alguien, años atrás.

–Un hombre como Dios manda se haría responsable de su hijo, ¿no le parece? –dijo la señora Grey a Karim.

Karim miró al bebé y luego a Rachel. La vio temblando. Tomó al niño con mucho cuidado, dio las gracias a las dos mujeres y cerró la puerta.

Miró al bebé que tenía en los brazos. Era una réplica exacta de su hermano. Sus mismos ojos, su misma nariz... Y la boca de Rachel Donnelly.

Capítulo 3

EL MUNDO pareció detenerse, de pronto. Karim se quedó pálido y sin aliento. No podía ser. Aquel niño no podía ser hijo de su hermano. Unos ojos azules y una cierta forma de nariz no significaban nada. Los había así a miles en el mundo.

Él era un hombre disciplinado y de costumbres fijas. Eso le mantenía con los pies en el suelo. Pero ahora llevaba ya varias semanas deambulando por el mundo tratando de atar los cabos sueltos que había dejado su hermano. Tal vez ese fuera el problema de su confusión actual.

Rami siempre se había burlado de él por eso, por lo aburrida que era su vida, siempre haciendo las mismas cosas todos los días. A las seis, levantarse. Media hora en su gimnasio privado. Luego, ducharse y vestirse. Desayuno con café y una tostada a las siete. Y a las ocho en su despacho a comenzar el trabajo.

Si Rami hubiera tenido un hijo, él lo habría sabido.

Después de todo, eran hermanos. Aunque hubieran perdido el contacto últimamente, una cosa así no se la ocultaría... Rami siempre se reía de los convencionalismos. Parecía no darse cuenta de que era el hijo de un rey y, después de Karim, el heredero al trono en la línea sucesoria. Había ciertas reglas de conducta que, le gustasen o no, debía cumplir.

La noticia de un hijo ilegítimo provocaría un gran escándalo en el palacio. Su padre, probablemente, lo repudiaría. Porque, sin duda, el hijo de Rami era ilegítimo. De entre todos los documentos que había encontrado de Rami, no había un solo certificado de matrimonio. Solo había permisos de conducir caducados, talonarios de cheques obsoletos, notas garabateadas y, por supuesto, un sinfín de facturas y pagarés.

Pero ni el menor rastro de que estuviera casado con una mujer.

Miró a Rachel Donnelly. Estaba de pie frente a él, rígida y fría como una estatua de mármol, con los ojos fijos en el niño que él tenía en brazos.

No. Rami no se habría casado nunca con una mujer como esa. Ella era la mujer perfecta para llevársela a la cama, pero no al altar. Hermosa, con carácter, fiera y desafiante.

–¡Deme al bebé! –dijo ella en voz baja pero firme.

Karim apenas oyó su voz. Estaba sumido en un mar de dudas. ¿Por qué ella no había tratado de ponerse en contacto con él? Tal vez habría pensado que Rami volvería con ella. Pero ¿y él? ¿Por qué no había vuelto con ella? ¿La habría dejado solo porque se había quedado embarazada? Era horrible pensar que su hermano pudiera haber abandonado a su propio hijo. Suponiendo, por supuesto, que fuera suyo. Y por otra parte, ¿cómo podía haber sido tan estúpido como para olvidarse de usar un preservativo? Tal vez, aquella mujer hubiera usado con él todas sus artimañas para conseguirlo. Sí, eso lo explicaría todo.

–¡Deme al bebé!

Karim no era un ingenuo. Las mujeres solían poner ese tipo de trampas a los hombres. Su propia madre se había quedado embarazada de él antes de que su padre se casase con ella. Se suponía que él no lo sabía. Pero no hacía falta ser un genio para averiguarlo. Bastaba con saber contar. Eso explicaba quizá por qué el matrimonio de sus padres había sido un fracaso.

Notó entonces una mano en el hombro. Se volvió y vio a Rachel mirándole con ojos airados.

–¿Está usted sordo? ¡Deme al bebé!

El niño pareció querer echarse a llorar. Estaba temblando.

–¿De quién es este niño? –preguntó Karim con los ojos entornados.

–¿Qué es esto? ¿Un interrogatorio? ¡Deme a Ethan y váyase al infierno de una vez!

–¿Ethan?

Maldita sea, pensó ella, lamentando haberle revelado el nombre del niño.

–Sí. Y le asustan los desconocidos.

–¿Y mi hermano? ¿Era también un desconocido? Pero dejemos eso y conteste de una vez a mi pregunta –dijo él tratando de conservar la calma–. ¿A quién pertenece este niño?

–¿Que a quién pertenece? A sí mismo. Probablemente, en su país, las cosas sean de otro modo, pero aquí, en Estados Unidos, la gente nace libre y no es propiedad de nadie.

–¡Bravo! Un bonito discurso para su fiesta de la Independencia. Seguro que podría conseguir muchos aplausos un Cuatro de Julio. Pero siento decirle que eso no tiene nada que ver con mi pregunta. Una vez más, le ruego que me conteste, ¿de quién es este niño?

Rachel se mordió el labio inferior. ¿De quién era realmente aquel niño?

Suki y Rami había sido sus progenitores. Pero Ethan había sido suyo desde el principio.

Para Suki, tener aquella tripa durante nueve meses había sido una tortura, especialmente tras comprender que su embarazo no le iba a servir para conseguir que Rami se casase con ella.

Él había recogido sus cosas y se había ido del apartamento antes incluso de que Ethan naciera. Había sido ella, la que había apretado la mano de su hermana Suki durante el parto y la que había cortado el cordón umbilical del bebé en el hospital.

Una vez en casa, el niño se había puesto llorar de hambre. Pero Suki, su madre, no había querido darle el pecho.

–¿Qué quieres? –había dicho, con cara de angustia–. ¿Qué me eche a perder los senos?

Pero la leche del biberón no le gustaba y la devolvía. Siempre estaba con los pañales sucios y malolientes. Suki sintió que aquello era superior a sus fuerzas y dejó al niño al cuidado de su hermana.

Rachel se sintió muy satisfecha. Adoraba al niño. Le daba el biberón, le cambiaba los pañales... Lo había amado antes incluso de que naciera. Ella le puso el nombre y le compró la cuna y la ropa. Ella había sido quien lo había cuidado, no su hermana. Y cuando, por fin, Suki le dijo que se iba también del apartamento, ella no pudo evitar sentir una gran alegría al quedarse sola con el niño.

Pero ahora todo parecía tambalearse de nuevo.

Nunca había pensado que Rami pudiera regresar para reclamar a su hijo. Sabía que, bajo su apariencia agradable y sus encantadores ojos azules, se escondía en realidad un cobarde.

Pero el hombre con aspecto altivo y arrogante que tenía ahora delante era muy distinto. Y parecía querer llevarse a Ethan...

–Señorita Donnelly, le hecho una pregunta muy sencilla.

El bebé empezó a llorar.

–¿Ve lo que ha conseguido con esos gritos? –dijo Rachel–. Asustar al bebé. Parece que esa es su especialidad, ¿verdad? Entrar por sorpresa en las casas ajenas y asustar a las mujeres indefensas y a los niños.

–Se lo repito por última vez. ¿De quién es hijo este niño?

–Es usted un hombre odioso y terrible –dijo Rachel, tratando de ganar tiempo.

–Se me rompe el corazón al oírla –replicó él con una sonrisa irónica.

–¿Por qué no se va de una vez? ¿Qué ha venido a hacer aquí?

–A saber la verdad. ¿De quién es este bebé?

–Es mío –respondió ella mirándole, sin vacilar, fijamente a los ojos.

Y no mentía del todo. Ella consideraba que aquel niño era realmente suyo. Salvo traerle al mundo, lo había hecho todo por él.

–No juegue conmigo. Sabe muy bien lo que le estoy preguntando. ¿Quién es el padre?

Al fin, había hecho la pregunta que tanto temía. Ya no había escapatoria. Debía haber sabido que el príncipe, jeque o lo que demonios fuese, no era ningún estúpido.

Ethan se parecía a sus padres. Tenía la tez y los ojos de Rami y la barbilla y la boca de Suki. Y de ella también, porque Suki y ella se parecían mucho.

–¡Respóndame!

–Baje la voz. ¿No ve que está gritando?

–¿Que yo estoy gritando? –exclamó Karim a voz en grito.

Como era de esperar, Ethan se puso a llorar de forma desconsolada.

El todopoderoso príncipe pareció desconcertado. En su país, ni a los niños se les permitía interrumpir a un miembro de la familia real cuando estaba hablando.

–Mire lo que ha hecho –replicó Rachel, tomando al niño en los brazos.

Le acunó sobre su pecho y se puso a pasear con él por el cuarto, besándole una y otra vez en la frente hasta que el pequeño se fue calmando poco a poco.

Sintió la mirada de Karim clavada en ella, como si

quisiera arrancarle la respuesta a su pregunta. ¿Era Rami el padre del bebé?

Pero lo único que podía decirle era que Ethan era de ella. Y siempre lo sería. Se lo había prometido al bebé el mismo día que Suki se marchó de su apartamento abandonándolo.

Aunque sabía que las cosas podían cambiar en un instante.

Tenía enfrente a un hombre despiadado y sin corazón, que podría reclamar la custodia del hijo de su hermano. Tenía dinero y poder, y acceso a más abogados, políticos y jueces de los que ella se podría imaginar. Mientras que ella solo tenía aquel apartamento pequeño y oscuro, cuatrocientos dólares en el banco y un trabajo que despreciaba.

El caso no ofrecía ninguna duda. Él se haría con la custodia de Ethan, se lo llevaría y recibiría la misma educación que Rami. Una educación sin amor y sin afecto, basada en la disciplina y en la severidad del soberano de aquel lejano país y de su despiadado tío.

Rachel sintió un nudo en la garganta. No podía permitir que eso sucediera.

Haría todo lo que estuviese en su mano para impedirlo. Se enfrentaría al jeque, lo echaría de su apartamento y luego haría las maletas y escaparía con el niño.

Cuando el llanto del niño cesó del todo, ella respiró hondo y se volvió hacia Karim.

–Necesita que le cambie los pañales, ¿sabe?

–Yo también necesito una respuesta.

–Ahora no es el momento. ¿Qué le parece si nos vemos más tarde? Digamos a eso de las cuatro en el Dancing Waters... ¿Qué es lo que encuentra tan divertido?

–¿Me toma por un estúpido? ¿Cree que puede engañarme tan fácilmente? –replicó él, dejando a un lado su sonrisa–. Vaya a cambiarle los pañales al niño. La esperaré aquí.

–No acepto que me dé órdenes en mi propia casa.

–Esta era la casa de mi hermano, no la suya. Usted vivía aquí solo porque era su amante.

–Se equivoca en ambas cosas. Este apartamento es mío.

–¿Por qué tenía entonces mi hermano la llave? –preguntó él en un tono despectivo e hiriente.

Rachel sintió deseos de abofetearle, pero se contuvo por el niño.

–Reconozco que fue un error por mi parte dejarle esa llave para que se viniera vivir a mi apartamento. Y en cuanto a lo de ser amantes, sepa usted que yo no he sido nunca la amante de nadie. Siempre he sido una mujer independiente que se ha ganado la vida por sí misma.

De nuevo había surgido la mujer de fuego, se dijo Karim. Todo carácter y decisión. Sus ojos brillaban de ira contenida, a pesar de que hablaba en voz baja por el niño, al que seguía acariciando suavemente con la mano. Era una caricia tan tierna que podría apaciguar no solo a un niño, sino también a un animal. Y a un hombre.

Llevado por un instinto desconocido, se acercó al niño para tocarlo, rozando sin querer un pecho de Rachel. Ella contuvo el aliento, mientras un intenso rubor subía por sus mejillas.

–El niño está dormido –dijo Karim suavemente.

–Sí –replicó ella, tragando saliva–. Voy a llevarle a la habitación. Le cambiaré los pañales y le acostaré para que duerma un poco.

Karim la vio alejarse con la dignidad de una reina. La espalda recta y los hombros derechos. Solo las caderas se movían con un cierto balanceo, majestuoso, por otra parte.

Resultaba cómico pensar eso, viéndola con su uniforme de trabajo, casi desnuda.

Y no era tonta ni mucho menos. Se resistía a decir que Rami era el padre del niño porque seguramente sospechaba que, acto seguido, él reclamaría la custodia del pequeño.

Y la conseguiría. Bastaría una simple prueba de ADN para aclarar las cosas.

Ella no era más que una camarera o una bailarina barata o una stripper de esas. Y no debía de tener donde caerse muerta a juzgar por el lugar donde vivía. Y él era un príncipe.

No cabía la menor de duda de cuál de los dos ganaría si el caso llegaba a los tribunales. No sabía si ella estaría dispuesta a llegar tan lejos. Había demostrado ser una actriz excelente, interpretando, a la perfección, el papel de la madre abnegada y amantísima.

Pero a él no le había engañado. No podía dejar que el hijo de su hermano creciese en aquel ambiente sórdido y miserable, con esa mujer de dudosa moral. Con él, en cambio, tendría un hogar confortable, una buena educación y el orgullo de pertenecer a una estirpe real antigua y honorable. No tendría una madre, pero tampoco la habría tenido con Rami.

Miró la puerta del dormitorio por donde ella había entrado con el niño y frunció el ceño. ¿Por qué estaba tardando tanto? Cambiar unos simples pañales no era algo tan complicado.

Estaba empezando a perder la paciencia. Seguramente, ella lo estaba haciendo a propósito.

No podía estar allí perdiendo el tiempo a lo tonto. Tenía que liquidar las deudas de Rami y ahora, además, tendría que arreglar todo lo necesario para llevarse al niño a Alcantar.

¿Qué necesitaría? Ropa, un biberón, leche de bebés... Tal vez, la partida de nacimiento de Ethan. No, eso no. Él tenía estatus diplomático y no le pondrían ninguna pega en la aduana. ¿Qué más? Una niñera, por supuesto. Eso era lo más importante. Una mujer con experiencia que se hiciese cargo del niño hasta que estuviesen en su país.

Todo relativamente fácil. No había ningún problema.

Salvo que Rachel Donnelly quisiera buscárselos. Pero ¿por qué iba a hacerlo? Le extendería un cheque generoso y le haría ver las ventajas que su hijo tendría viviendo como un príncipe en el palacio de su padre. Incluso le permitiría ir a verle un par de veces al año.

Pero... maldita sea, ¿qué estaba haciendo allí perdiendo el tiempo?

Sin pensárselo dos veces, se dirigió a la puerta de la habitación y llamó a la puerta.

–¿Señorita Donnelly...? ¿Señorita Donnelly...? No puedo pasarme aquí toda la mañana esperándola. Tengo otros asuntos muy importantes que resolver.

Nada. No hubo respuesta. ¿Era posible que el apartamento tuviera otra puerta de salida? ¿O que hubiera alguna ventana que diera a una escalera exterior?

Karim abrió la puerta. Vio una habitación muy humilde. Los muebles eran de segunda mano. Había una cómoda, una cama, una silla y una cuna donde Ethan estaba durmiendo.

Era un cuarto pequeño, todo de blanco. La única nota de color la ponían el sostén, el tanga y las medias negras de malla que estaban amontonadas en el centro de la cama.

Miró la puerta del cuarto de baño. Estaba entreabierta y a través de su rendija se filtraba el vapor de agua. Escuchó el sonido del chorro de la ducha retumbando en sus oídos.

¿O eran los latidos de su corazón?

«¡Sal inmediatamente!», le dijo una voz interior. «Está desnuda. Tú no puedes estar aquí».

Pero él, desoyendo esa voz, avanzó hacia la puerta del cuarto de baño como arrastrado por una fuerza misteriosa superior a su voluntad.

Entonces pudo verla de forma difusa a través del cristal empañado de la mampara. Era una imagen sugestiva y etérea, que parecía sacada de uno de esos desnudos de Matisse o de Degas. El contorno de un rostro exquisito, la línea sinuosa de un cuerpo perfecto...

El agua dejó de correr.

«¡Sal de aquí!», volvió a repetirle aquella voz.

Pero él parecía como si tuviera los pies clavados.

Ella descorrió la mampara y pudo verla entonces directamente, sin el cristal de por medio. Sus pechos, parcialmente ocultos bajo el pelo húmedo que le caía por los hombros. Su cintura, que parecía hecha para abarcarla con las manos. La suave curva de sus caderas. Sus piernas, largas y esculturales, que él imaginó enroscadas alrededor de su espalda. Y los rizos dorados que nacían de entre sus muslos, como guardianes de su feminidad.

Ella no pudo verle. Un mechón de pelo le cubría los ojos. Buscó a tientas algo para secarse. Entonces él, de forma instintiva, agarró la toalla antes de que ella pudiera encontrarla. Y sus dedos se rozaron. Ella dio un grito al tiempo que se apartaba el pelo de la cara.

–No, no, no...

Karim le pasó entonces una mano por detrás de la cabeza, la atrajo hacia sí y la besó en la boca con pasión. Era lo que había querido hacer desde el primer momento. Se había reprimido, pero ahora era ya incapaz de controlarse.

Ella luchó. Trató de resistirse. Él cambió entonces su forma de besarla. Deslizó los labios suavemente por su boca en un beso dulce y tierno pero no menos excitante y seductor, al tiempo que susurraba su nombre y le decía lo mucho que la deseaba, primero en la lengua de su país y luego en la suya. Quería que aquel beso se prolongara eternamente.

Ella dejó de luchar y suspiró. Le devolvió el beso, entregada, y le puso las manos en el pecho.

Él percibió el temblor de su cuerpo. Pero sabía que ahora ya no era de miedo.

«Ahora», le dijo la voz del deseo. «Tómala, ahora».

Pero Karim apartó la boca de ella, la envolvió con la toalla y salió corriendo del cuarto de baño y del apartamento, huyendo a tiempo de la trampa que sin duda le había tendido la astuta y seductora amante de su hermano.

Capítulo 4

RACHEL se quedó inmóvil donde él la había dejado y se agarró a la toalla de baño como refugiándose en ella. Pero era demasiado tarde. Él ya había hecho lo que había querido. Tocarla. Besarla. Aterrorizarla, subiéndola a la cima de una montaña rusa para luego...

Se sobresaltó al oír el golpe de la puerta. El jeque se había ido. Jadeante y temblorosa, se dejó caer en el asiento del inodoro. Estaba aturdida. No podía pensar, no encontraba sentido a lo que había pasado.

Pero ¿qué había pasado? O quizá mejor, ¿qué no había pasado? El jeque había entrado en el baño cuando estaba desnuda y la había besado... Y luego la había dejado y se había ido.

¿Por qué? Rachel se estremeció al recordarlo. Podría haber hecho con ella lo que hubiera querido. Nadie había allí para impedírselo. Él era mucho más fuerte para ella.

Ella se había resistido, pero él había acabado por doblegarla...

Y no solo física, sino también mentalmente. ¿Cómo explicar si no ese momento fugaz en que unió su boca con la suya al sentir el suave contacto de sus labios y...?

Él había interpretado con ella el papel del macho dominante, el macho alfa de la tribu.

Ella conocía muy a ese tipo de hombres. Los veía a diario en las mesa de juego y en la barra del casino. Los jugadores eran los peores. Arrojaban con displicencia el dinero sobre la mesa, mostrando su poder y su odioso olor a colonia...

Él no. El príncipe o jeque, o lo que demonios fuera, no se ponía colonia. Solo tenía el perfume de sí mismo. El aroma ardiente de un hombre que deseaba a una mujer.

Y, sin embargo, la había dejado.

Rami no habría hecho eso. Él habría satisfecho su deseo sin pensar en nadie más.

Pero no estaba no estaba tratando con Rami, sino con su hermano y, ahora que había tenido un minuto para recapacitar, se daba cuenta de que el jeque era un adversario mucho más astuto.

La había abordado con un beso apasionado y profundo para luego pasar a besarla con ternura y suavidad. Había querido confundirla. Y lo había conseguido. En ese último instante, cuando ella había respondido a sus besos...

No. No. No. Ella no había respondido a sus besos. Al menos no de la manera que él hubiera querido. Su reacción había sido intuitiva o instintiva o como quiera llamarse. Se había dejado besar como mecanismo de defensa para eludir la lucha. Eso era todo lo que había hecho.

Ella no era como su hermana Suki. No se sentía seducida por el dinero y el poder.

Se puso de pie. Se sentía ya mejor. Fuerte y segura de sí. Incluso tenía un plan.

Y estaba perdiendo un tiempo precioso, analizando aquella desagradable escena que no tenía ya la menor importancia. El todopoderoso y arrogante jeque podría volver en cualquier momento. Bajó la bolsa de maquillaje que tenía en una estantería del lavabo, la abrió rápidamente y metió en ella la barra de labios, el rímel, el perfilador de ojos, las aspirinas y algunas otras cosas del botiquín. Luego se recogió el pelo con una coleta.

Estaba segura de que el jeque regresaría. Podía ser

muchas cosas, pero desde luego no era ningún tonto. No era fácil mentirle. Sabía que Ethan era el hijo de su hermano, aunque ella no hubiera querido admitirlo. Lo había visto en sus ojos fríos como el hielo.

Lo que no sabía, ni debía saber nunca, era que Ethan no era hijo suyo. Ahora que Rami había muerto y Suki había abandonado a su hijo, ella tenía tanto derecho al bebé como el jeque. Si él era su tío, ella también era su tía. Deberían estar en igualdad de condiciones. Pero ella sabía que no era así. Él tenía una riqueza incalculable y ella vivía al día.

Se dirigió corriendo al dormitorio. Abrió los cajones de la cómoda y sacó un sujetador, unas bragas, una camiseta, unos pantalones vaqueros, unos calcetines y unas zapatillas deportivas.

Tenía que salir de la ciudad, y rápido.

El bebé aún estaba durmiendo. Le dejaría dormir hasta última hora.

Le asaltó entonces un duda que le dejó sin aliento. La puerta. La puerta de entrada. Tal vez el jeque solo la hubiera cerrado por dentro para engañarla. A lo mejor todavía estaba allí acechándola. Y, si había salido, daba igual. Tenía la maldita llave.

Registró en unos segundos todo el apartamento y respiró aliviada. Echó el cerrojo por dentro y puso una silla junto a la puerta. De momento no tenía nada que temer de aquel jeque, arrogante y egoísta, de un país anacrónico que pensaba que el mundo se había detenido hacía cuatrocientos años y que podía hacer su santa voluntad.

Cualquier cosa. Como llevarse a su bebé.

Pero estaba muy equivocado, se dijo ella. El bebé era suyo y nadie se lo iba a llevar.

Ethan acababa de despertarse y estaba inquieto. Le dolían las encías porque estaba empezando a echar los primeros dientes. En otras circunstancias le habría dejado en la mecedora y se habría puesto a hablar con él.

Al niño le gustaba que le hablase. Pero ahora no había tiempo para eso.

–¿Sabes, hombrecito, lo que vamos a hacer? –le dijo ella, inclinándose sobre la cuna.

El bebé la miró con cara de indiferencia. Ella le puso el chupete en la boca y el niño sonrió.

Así conseguiría unos minutos de paz. Era todo lo que necesitaba.

Sacó la maleta que tenía en el fondo del armario, la puso sobre la cama y la abrió.

Metió dentro otro par de pantalones vaqueros, algunos sujetadores, bragas, medias, calcetines, un suéter y una sudadera de cremallera con capucha.

–Ya ves lo rápida que he sido –le dijo al niño, que seguía mordiendo el chupete–. Ahora nos vamos a ir de viaje. ¿Qué te parece? Emocionante, ¿no?

Rachel abrió los cajones donde guardaba la ropa de Ethan: los pijamitas, las camisetas, los calcetines, los suéteres y un par de abriguitos que le había comprado para cuando fuera mayor.

¿Qué más faltaba? Los pañales y un par de mantas para la cuna. Ah, y el biberón y la leche. Y los frascos de purés de frutas y verduras.

Fue corriendo a la cocina y regresó con todo en un minuto.

–Encontraré un lugar donde podamos vivir felices, con un jardín e incluso un gato.

Recordó entonces a su madre. Su madre había huido del escándalo, pero ella estaba huyendo de un príncipe que tenía el mundo en sus manos. Pero no era momento de pensar en eso ahora. Había otras cosas más importantes que decidir. ¿Debía tomar un avión y gastarse en el vuelo la mitad del dinero que tenía ahorrado? ¿O dirigirse a la terminal de autobuses y tomar el primero que saliera?

La respuesta era clara: el aeropuerto. Era el medio más

rápido de abandonar la ciudad y de alejarse lo más posible de la amenaza de aquel hombre. Era más caro, pero valía la pena. Tenía también una tarjeta de crédito que estaba aún sin estrenar. La había guardado para un caso de emergencia. Y aquello, sin duda, era una emergencia.

Necesitaba irse lo más lejos posible de Las Vegas y del hermano de Rami. A San Francisco, tal vez. O a Biloxi, en Mississippi, donde había oído que había casinos flotantes. Conseguiría una habitación no muy cara, y se tomaría un par de días para pensar qué hacer luego.

Ethan, desde la cuna, empezó a enfadarse. Ella se echó a reír. Aquel bebé era uno de sus pocos motivos de alegría en la vida.

–Bueno tal vez no sea un gran plan, Ethan, pero al menos es un comienzo –dijo ella.

Suki siempre se había burlado de ella por su obsesión por planificarlo todo, pero Rachel estaba convencida de que, sin un plan, podría terminar como su madre o Suki o la mitad de las mujeres de esa ciudad.

Eso nunca. Ella no estaba dispuesta a acabar en manos de un hombre que la mantuviese, como si fuera un objeto más de sus pertenencias.

Bueno, ya estaba todo preparado para marcharse de Las Vegas. Esa ciudad no había representado nunca una meta para ella, solo un alto en el camino hacia una vida mejor. Había ido allí porque Suki la había llamado un buen día diciéndole, muy entusiasmada, que en dos de los casinos de la ciudad estaban contratando crupieres. Era una gran oportunidad, se ganaba mucho dinero en ese trabajo, le había dicho su hermana.

Pero cuando llegó a Las Vegas, vio que nada era como le había contado. Tal vez hubiera sido así en otro tiempo, pero ahora, con la crisis, todo era distinto. No había ningún puesto de crupier y se tuvo que contentar trabajando de camarera y luego en la sala del casino.

Su hermana la había llevado allí engañada, para aprovecharse de ella. Sabía lo decidida y resuelta que era, y que encontraría trabajo y un apartamento donde ella podría ir a vivir, dejando así la habitación miserable en la que malvivía y que apenas podía pagar. Y no solo ella, sino también su amante. Un buen día, sin pedir permiso ni decir una palabra, Rami al Safir se presentó en su apartamento y se instaló en la habitación de Suki. Para colmo, ninguno de ellos aportó nunca un solo céntimo al sostenimiento de la casa.

Había sido una estúpida y una ingenua, se dijo ella. Pero luego, mirando los pañales y las toallitas húmedas que acaba de meter en la bolsa para Ethan, pensó que, gracias a eso, tenía ahora a aquella criatura tan adorable.

El bebé se puso a llorar en ese momento de manera desconsolada. Se le había caído el chupete al suelo, a través de los barrotes de la cuna. Rachel lo recogió, lo lavó y se lo volvió a dar. El niño abrió la boca y se puso a chuparlo muy de prisa con una sonrisa de satisfacción.

Sí, se dijo ella, su altercado con el arrogante jeque iba a tener su lado positivo. Supondría para ellos el comienzo de una nueva vida. Una nueva vida. Una nueva ciudad. Y un nuevo trabajo en el que no tuviera que ir vestida de aquella forma indecente que hacía pensar a los hombres que su cuerpo estaba en venta.

Repasó todo lo que había puesto en la bolsa para ver si se le había olvidado algo. Los pañales, la leche, el biberón, los tarros de frutas y purés... Sí, estaba todo. Ya podía dejar atrás al príncipe Karim y olvidarse de aquella pesadilla.

Envolvió a Ethan en una mantita estampada con figuras de jirafas azules y lo tomó en brazos. Se colgó el bolso de un hombro y la bolsa con las cosas del niño en el otro y agarró, con la mano libre, la maleta que había dejado sobre la cama. Se dirigió rápidamente a la puerta y apartó con un pie la silla que había puesto a modo de barricada.

Abrió la puerta y salió sin echar siquiera una mirada atrás.

Bajó las escaleras, feliz ante la idea de abandonar por fin aquella ciudad.

Se detuvo al llegar a la planta baja... El taxi... Maldita sea. Con las prisas se había olvidado de llamar a un taxi por teléfono. Y tampoco había avisado a la señora Grey para decirle que ya no era necesario que fuera a cuidar de Ethan.

Bueno, tampoco era tan grave, podría hacerlo en cuanto dejase, en alguna parte, las cosas que llevaba y pudiera sacar el móvil del bolso.

Pero, cuando abrió la puerta del portal, vio aparcado, en la acera, un lujoso coche negro con la puerta de atrás abierta, y al jeque, con los brazos cruzados, mirándola con ojos inquisitivos y una sonrisa irónica en los labios.

—¡Usted! —exclamó ella, aterrorizada, sin saber qué decir.

—Sí —respondió él, con una voz suave pero cortante como un cuchillo envuelto en papel de seda, y añadió luego mirando a la maleta—: ¿Va a alguna parte?

—¡Apártese de mi camino! —exclamó ella fuera de sí.

Él sonrió, se acercó a ella, agarró la maleta y la bolsa con las cosas del niño que llevaba colgada del hombro y los metió en la parte de atrás del coche.

Ella vio entonces que había una silla de seguridad para bebés instalada en el asiento trasero.

—Si piensa que...

—Ponga al niño en el asiento, Rachel.

—¡Está loco si cree que va a quitarme a mi hijo!

—Es de Rami —dijo Karim con frialdad.

—¡Es mío!

—Por esa razón, he decidido llevármela también a usted.

—¿Llevarme a mí? ¿Adónde?

–No es este el lugar adecuado para entrar en detalles –dijo él con un gesto de desdén.

–No sé qué se propone con esto.

–Vamos, no se haga la tonta conmigo. No le va ese papel –dijo Karim acercándose unos centímetros a ella–. Quiero al hijo de mi hermano. Supongo que usted querrá una recompensa.

Ella alzó la vista, furiosa, y se puso lo más erguida que pudo. Por primera en su vida, hubiera querido llevar esos condenados zapatos de aguja que le obligaban a ponerse en el casino.

–Si piensa que puede comprarme...

–Todo es posible. Todo tiene un precio en esta vida –dijo él con una sonrisa burlona.

–Lo que es posible es que me ponga a gritar y a llamar a la policía. No sé en su país, pero aquí hay leyes que protegen a los ciudadanos.

–No creo que haya ninguna ley que impida a un hombre velar por el bienestar y la educación del hijo de su hermano muerto.

–¡A usted le importa un bledo el bienestar de Ethan! Lo único que quiere es robarme a mi hijo, llevárselo lejos y educarle para convertirlo en alguien como usted. Un simple clon. Es usted una persona despreciable –dijo ella en un arrebato de furia.

–Cálmese, creo que somos lo bastante adultos para tratar esto de manera civilizada, ¿no le parece?

Rachel le miró por un instante a la cara. Era un rostro hermoso, pero frío e inexpresivo. Pasó junto a él, sin mirarle, puso a Ethan en la silla y le abrochó las correas. Hizo luego ademán de sentarse en la parte de atrás, pero el jeque la sujetó por el codo y abrió la puerta de delante.

–Se sentará en el asiento del acompañante, a mi lado. Yo no soy su chófer.

–No. Lo que es usted es un canalla miserable –dijo ella, echando fuego por los ojos.

Capítulo 5

RACHEL no sabía adónde la llevaba el jeque. Cuando se lo había preguntado, le había contestado con evasivas. ¿Para qué volver a preguntárselo de nuevo? ¿Para darle el placer de dejar constancia de su poder sobre ella? Él había hecho todo lo posible por humillarla: la forma de mirarla, de hablarle, de darle órdenes... y hasta de besarla.

No. No iba a darle esa satisfacción.

Giró la cabeza en el asiento y trató de sonreír al niño. Ethan parecía ir muy contento en su silla. Le encantaba ir en coche. Ella tenía un viejo Ford, algo destartalado, pero que nunca se averiaba. Cuando, al principio, estando con su hermana, el niño se echaba a llorar hasta tal punto que Suki se tapaba los oídos para no oírle, ella le daba unas vueltas en coche por el desierto y se calmaba en seguida. A veces habían llegado hasta el cañón de Red Rock.

¡Qué felicidad poder estar allí ahora con Ethan, en vez de tener que soportar al arrogante personaje que tenía al lado!

Miró a Karim de soslayo. Conducía con seguridad, mirando impasible al frente, con la mano izquierda en el volante y la derecha en la palanca de cambios.

Lo lógico sería que la llevase a un bufete de abogados, pero no estaba claro. Él podía conseguir, con solo chasquear los dedos, que apareciese una silla para bebés en la parte trasera de su coche, pero sacarse de la manga un abogado de confianza que pudiera resolverle todos los problemas legales para lograr la custodia de Ethan, eso ya no iba a serle tan fácil.

¿Pensaría ir acaso a un laboratorio para hacer al niño la prueba del ADN? No, tampoco. Él tenía que saber que necesitaba su consentimiento para obtener una muestra del ADN de Ethan. Después de todo, ella era su madre. Eso era algo que él había dado por hecho y nunca había puesto en duda. Y ella tampoco iba a desmentirlo. El jeque no sabía nada de Suki ni de la vida que su hermano había llevado con ella.

Entonces, ¿adónde iban?

A la Strip de Las Vegas. La célebre avenida de la ciudad. Claro, cómo no se le habría ocurrido antes. La Franja. El bulevar de los restaurantes, casinos y hoteles de lujo. ¿Adónde si no podía ir un hombre como él? No quedaba lejos de su humilde apartamento, si la distancia se medía en kilómetros y no en dinero.

Sí, la llevaría a un restaurante o a una cafetería. O a su suite. Un jeque tan poderoso como él se alojaría en una de esas suites tan elegantes que los hoteles de lujo reservaban para las personas ricas y famosas.

Ella le exigiría que se quedasen en el salón y que dejara la puerta abierta. Aunque sospechaba que no volvería a intentar besarla de nuevo. Estaba convencida de que el beso del apartamento no había sido fruto del deseo, sino un intento de demostrar su poder sobre ella. Algo así como lo que ocurría entre los animales, cuando los machos dominantes orinaban en las rocas y en los troncos de los árboles para marcar su territorio.

Le entraron ganas de reír, pero no lo hizo. No había nada divertido en haber sido raptada por un hombre que se creía el dueño del mundo y con poder sobre todas las personas.

El coche pasó por el Circus Circus, el Venetian y el Flamingo.

Rachel miró a su secuestrador. Tal vez se sintiera satisfecho con su silencio, pensando que había conseguido, al fin, someterla. Pero no. Tenía que seguir luchando y demostrarle que no estaba dispuesta a claudicar ante sus exigencias.

–Quiero saber adónde me lleva.

–Ya se lo dije –contestó él muy sereno–. A un lugar tranquilo, donde podamos discutir sobre nuestra relación.

–¿Nuestra relación? –repitió ella muy airada–. Yo no tengo ninguna relación con usted.

El semáforo que tenían delante se puso en rojo y Karim detuvo el coche.

–Le aconsejo que no me tome por tonto –dijo él en voz baja.

–Le acabo de hacer una pregunta muy sencilla y exijo que me dé una respuesta concreta. ¿Adónde vamos?

El semáforo se puso en verde. Él arrancó y tomó una desviación. Rachel vio con pavor cómo iban dejando atrás la zona de hoteles y restaurantes y se adentraban por una carretera que solo conducía a un sitio: el aeropuerto.

–O me dice adónde vamos o...

–Vamos a mi jet privado.

–Yo no pienso ir en ningún avión –exclamó ella presa de miedo.

–Sí, irá –dijo él, en voz baja, muy seguro de sí–. Iremos a Nueva York.

–A Nueva York irá usted, yo me vuelvo a casa.

–¿A casa? ¿Habla en serio? ¿Por eso salía de su apartamento corriendo con una maleta y dos bolsas? Le dije que no me tomara por tonto, Rachel. Usted trataba de huir de mí y apostaría a que ni siquiera sabía adónde ir.

Karim redujo la velocidad al ver la señal que indicaba la salida hacia el aeropuerto.

–Métase esto en la cabeza, Alteza. Por nada del mundo volaría a Nueva York o a ningún otro sitio con usted. Y ahora, le agradecería que me volviera a dejar en mi apartamento.

Él la miró un instante con sus ojos fríos como el hielo. Luego se puso en el carril derecho para tomar la salida al aeropuerto.

–Le aseguro, señorita Donnelly, que no estoy interesado sexualmente en usted, si es eso lo que le preocupa.

–¿Es así como pretende disculparse?

–No es una disculpa, sino una afirmación. Lo que ocurrió en su apartamento fue un error.

–Vaya, es la primera cosa sensata que le oigo decir. Espero que no vuelva a repetirse.

–Iremos a Nueva York. Allí podremos arreglar de una vez por todas este desagradable asunto.

–También podemos solucionarlo aquí.

–No, aquí no es posible. Tengo una casa en Manhattan y muchas obligaciones.

–Yo también tengo las mías –dijo ella.

Karim se echó a reír.

–Probablemente, mi vida no le parezca tan importante como la suya –replicó ella muy ofendida–. Pero lo es para mi bebé y para mí.

–Conseguiré la prueba del ADN del niño –afirmó él, como si lo diera por hecho.

Ella sabía que tenía que dar la misma sensación de firmeza que él si quería hacerle frente.

–La identidad del padre de mi hijo es solo asunto mío.

–No, si esa persona era mi hermano.

La respuesta de Karim era tan lógica y tajante que ella se quedó en blanco unos segundos.

–Alteza, debe saber que no habrá ninguna prueba porque yo no voy a dar mi autorización. Y sin ella usted no puede hacer nada.

–Tiene razón –dijo él en voz baja–. No puedo obligarla a ello.

Rachel sintió deseos de ponerse a bailar de alegría, pero se cruzó de brazos y esperó paciente. Sabía que tenía un rival difícil que podía llevar algún as guardado bajo la manga.

–Puede, en efecto, rechazar mi propuesta. Está en su derecho –prosiguió él con una sonrisa de zorro–. Pero yo también tengo mis derechos. Ya he hablado con mi abogado.

–Vaya, veo que ha tenido una mañana muy ocupada –dijo ella, en tono irónico.

–Tengo motivos más que razonables para pensar que Rami es el padre de ese niño.

–Si usted lo dice...

–Lo dirá mi abogado, llegado el momento. Si usted se niega a autorizar la prueba, pondré el caso en manos de la justicia. Será un proceso lento y tedioso. ¿Quién sabe cuánto tiempo tendrá que estar Ethan en un centro de acogida?

Rachel palideció al oír esas palabras.

–¡No! Usted no puede...

–Claro que puedo –dijo él con mucha calma–. Dispongo de uno de los mejores bufetes de abogados de los Estados Unidos. Mientras que a usted, ¿quién la va a representar? Un abogado de oficio, con toda seguridad. Un estudiante de derecho recién salido de la universidad. La causa promete ser interesante.

Karim percibió el temblor en los labios de Rachel. Se sintió victorioso, pero no quiso exteriorizarlo. Ella era una oponente fácil y él nunca había festejado las victorias fáciles.

Solo había una cosa que no lograba entender. ¿Por qué ella no quería admitir que el niño era hijo de Rami? Tenía que saber que él estaría dispuesto a pagar cualquier precio por el niño.

A menos que el niño realmente le importase.

Todo era posible. Aunque poco probable según su experiencia. Su madre, por ejemplo, siempre había demostrado más afecto por sus caniches que por Rami o por él. Y la mayoría de las mujeres con responsabilidad que tenía en su empresa dejaban a sus hijos al cuidado de niñeras e institutrices. No había nada de malo en eso. Tal vez, todo lo contrario. Los niños aprendían así desde pequeños a ser independientes. Él era una buena prueba de ello.

No obstante, sabía que había también otro tipo de madres. Las veía los fines de semana mientras hacía footing en Central Park. Madres que jugaban y se reían con sus hijos.

Tal vez Rachel fuese de ese tipo. Aunque lo dudaba. Ella solo estaba representando su papel.

De cualquier modo, tampoco le importaba mucho. Sabía que tenía el caso ganado.

Pero prefería llegar a un acuerdo. Ella podría sacar una buena suma de dinero de todo ello e incluso, si lo deseaba, poder ver al niño de vez en cuando.

No quería que el caso saliera a la luz pública. No le interesaba que la prensa sensacionalista, los programas de cotilleo de la televisión y los blogs de Internet se hicieran eco del caso. Eso podría salpicarle y dañar la imagen de Alcantar y de la familia real.

–¿Por qué me hace esto? –dijo Rachel, rompiendo de repente su silencio.

–No tengo nada personal contra usted –respondió él secamente–. Lo hago solo por Rami.

–No lo creo –dijo ella negando con la cabeza.

–A mí nadie me llama mentiroso.

–Es usted el que se está mintiendo a sí mismo, Alteza –replicó ella muy segura de sí–. Si de verdad se hubiera interesado por su hermano, habría venido mucho antes a verlo y habría tratado de apartarle de ese mundo de alcohol y de juego en que vivía. Pero la gente arrogante y egoísta como usted no conoce lo que es la decencia y el honor...

Rachel se quedó sin aliento cuando él detuvo el coche en el arcén y, forzando la tensión del cinturón de seguridad, se inclinó hacia ella, la agarró por los hombros y la atrajo hacia sí.

–Usted no sabe absolutamente nada de eso que llama «la gente como yo». Ni sabe de mi hermano más que lo que él pudiera decirle en la cama cuando se acostaba con usted.

–Solo un hombre cruel y despiadado como usted sería capaz de hacerle a mi hijo y a mí lo que nos está haciendo.

–Lo hago solo por la memoria de mi hermano y por el honor de mi pueblo. Un honor que usted no es ni será capaz nunca de entender.

Karim profirió en voz baja una serie de palabras ininteligibles en su idioma natal, que sonaron duras y ofensivas, y luego la soltó.

–Piénselo bien. O accede a que el niño se haga la prueba del ADN o se enfrenta a mí en los tribunales –dijo él casi en un gruñido, volviendo a poner el coche en marcha e incorporándose a la carretera–. El vuelo a Nueva York es largo. Tiene tiempo para tomar una decisión.

Se detuvieron al llegar a una entrada de control del aeropuerto. Karim mostró su DNI y el guardia les dejó pasar con un saludo.

–Solo quiero dejar una cosa bien clara –dijo ella con voz temblorosa pero tratando de no dar muestras de debilidad, en cuanto él aparcó el coche en el estacionamiento–. ¿Se acuerda de cuando me acosó en el cuarto de baño y yo dejé de resistirme por un instante?

–No –dijo él con indiferencia–. No recuerdo los detalles. ¿Por qué había de recordarlo?

Ella se ruborizó. Estaba quedando en evidencia. Pero ya era tarde para echarse atrás.

–Seguro que lo habría recordado si no me hubiera soltado a tiempo. Tenía ya la rodilla preparada para darle en el sitio donde más le doliera.

–Vaya. Lo tendré en cuenta la próxima vez.

–Créame, Alteza, no habrá una próxima vez.

Sin esperar una posible respuesta, Rachel se soltó el cinturón de seguridad, se bajó del coche y sacó a Ethan de la silla. Karim salió también del coche y se acercó a ella. Tomó la maleta y la bolsa de los pañales, y luego la agarró del codo con la otra mano y la condujo hacia su jet privado: un pequeño avión plateado con el emblema de un halcón en el fuselaje.

Había dos hombres, el piloto y el copiloto, y una mujer, la azafata, todos con un uniforme de color gris oscuro, esperándolos arriba de la escalera.

–Mi tripulación –dijo Karim.

Su tripulación. Su avión. Su vida. Todo parecía pertenecerle a ese hombre.

Rachel sintió una angustia repentina al imaginarse el futuro que le esperaba. Tropezó y se tambaleó. Karim dejó en seguida las bolsas en el suelo y la agarró por la cintura antes de que se cayera con el niño en brazos. La mujer de la tripulación bajó corriendo para ayudarles. Hizo ademán de recoger las bolsas, pero Karim le hizo un gesto negativo con la cabeza.

–No. Llévese al niño.

Rachel retrocedió unos pasos, protegiendo a Ethan entre sus brazos.

–No se preocupe, señora –dijo la mujer con una sonrisa tranquilizadora–. El niño va a estar bien. Lo llevaré a la cocina. Tengo ya preparado allí los pañales, la comida, una sillita... Su Alteza se ha encargado de todo.

–¿En serio? –exclamó Rachel, sorprendida.

–Vamos –dijo Karim con voz de mando–. Dé el

bebé a Moira si no quiere correr el riesgo de que se le caiga por la escalera.

Rachel entregó el niño a la azafata y se dirigió a la escalera.

Él trató de ayudarla a subir, tomándola del brazo, pero ella se apartó bruscamente.

–Déjeme. Hace tiempo que aprendí a caminar sola.

–Sí, ya lo he visto –replicó él con una sonrisa burlona.

Nada más subir la escalerilla, los dos hombres se cuadraron ante el jeque.

Rachel contempló aquello asombrada. Seguramente, la tripulación estaría acostumbrada a ver a su jefe y señor subiendo al avión con una mujer del brazo, pero este tipo de puesta en escena tan pomposa era algo nuevo para ella.

–Voy a comprobar esas bolsas, señor –dijo uno de los hombres.

–Está bien, hágalo –dijo el jeque asintiendo con la cabeza–. Quiero despegar cuanto antes.

–Sí, señor.

El hombre recogió las bolsas, mientras su compañero se dirigía a la cabina y Karim conducía a Rachel a una zona que bien podría pasar por la sala de estar de una suite de lujo.

–¿No chocan los talones? –preguntó ella, arqueando una ceja.

–Perdón, ¿cómo dice?

–He echado de menos que no chocaran los talones, al modo militar, cuando se cuadran ante usted. Eso le daría más prestancia al acto, ¿no le parece?

–Lo hacen –dijo él muy sereno–. Pero solo en actos oficiales.

Rachel miró al jeque fijamente. Vio una leve sonrisa en su mirada y comprendió que estaba bromeando. Bueno, aún quedaba una esperanza. Había algo de humano en él.

–Ahora ya podrá aprovecharse de mí.

–¿Que podré qué?

–Aprovecharse de mí.

–Sí, ya le había oído. Pero no me parece ese un lenguaje propio de una dama.

–Yo no soy ninguna dama. Y quiero que...

Karim la estrechó entre sus brazos mientras el avión comenzaba a tomar altura.

–Sé muy bien lo que quiere –dijo él con la voz apagada, besándola luego en la boca.

Ella emitió un pequeño gemido de protesta y él se preguntó qué demonios estaba haciendo.

Ella lanzó entonces otro gemido. Pero ahora ya no era de protesta, sino de todo lo contrario.

Karim deslizó suavemente la punta de la lengua por el contorno de sus labios, al tiempo que hundía una mano en la seda de su pelo dorado y la otra en uno de sus pechos, sintiendo, a través de la camiseta de algodón, su pezón duro y erecto en la palma de la mano.

–Rachel... –le susurró al oído.

Ella ronroneó y abrió la miel de sus labios para él.

Él le metió entonces la mano por debajo de la camiseta, gozando del placer de sentir directamente el contacto de sus pechos firmes y suaves.

Ella, con la respiración entrecortada, le pasó los brazos alrededor del cuello mientras él le acariciaba ahora dulcemente las mejillas y el cuello con las yemas de los dedos.

Aquello era una locura, se dijo él. Un error. Pero la deseaba. La deseaba con toda su alma.

El avión pasó por una turbulencia y los desplazó bruscamente de los asientos. Ella le miró extrañada, con los ojos como platos, como si no supiera lo que había pasado, y él la soltó.

Rachel se levantó del asiento.

–No se le ocurra volver a tocarme, ¿me oye? ¡Egoísta!

¡Monstruo! ¡Manipulador! ¡Malnacido! Usted no tiene en cuenta para nada los sentimientos de los demás, ¿verdad?

Ella no esperó su respuesta y se dirigió a trompicones al asiento que vio más alejado de allí.

¿Tendría ella razón?, se dijo el jeque Karim.

¿Podría haber ido antes en busca de su hermano Rami y haberle apartado de su camino de autodestrucción? ¿Podría haberle convencido para que cambiase su estilo de vida?

Y con respecto a ella. ¿Qué era lo que acababa de hacer?

Besarla. O, mejor dicho, robarle un beso. Todo era muy confuso. Solo una cosa veía con claridad: era demasiado tarde ya para hacer nada por Rami.

Pero podía hacer algo por el niño. Criarle y educarle para que el día de mañana fuera el hombre que su hermano debería haber sido.

Y también podría hacer algo por la mujer de Rami. Para empezar: no volver a tocarla nunca más. Nunca más, se repitió él para sí.

El jeque Karim al Safir se giró hacia la ventanilla, mientras el avión se acercaba ya a su velocidad de crucero y volaba a unas alturas desde las que las luces de neón de la ciudad del juego y la diversión parecían poco menos que un espejismo en medio del desierto.

Capítulo 6

RACHEL estaba furiosa. Un hombre, un jeque de un país extraño, había entrado en su vida tratando de dirigir sus pasos y de someterla.

Rami había tratado a Suki como a una esclava: «Tráeme esto, dame aquello, no me lleves la contraria ni me interrumpas cuando yo hablo». Lo había intentado también con ella, pero no había podido: «Tal vez sea así como los hombres de tu país tratáis a las mujeres, pero esto es América», le había dicho en una ocasión.

Ella le había dicho al jeque que ella no había sido nunca la amante de Rami, pero él no la había creído. Sentía ganas de decirle: «Habría preferido vivir en la calle como una indigente, antes que acostarme con el despreciable de tu hermano».

Pero no podía decírselo. Tenía que seguir con aquella farsa por el bien de Ethan.

Tenía que calmarse. Respirar profundamente y recobrar la serenidad. Pero ¿cómo?

«Déjate llevar por la corriente», solía decirle su madre.

Su madre no solo había ido siempre a favor de la corriente, sino que se había montado en la cresta de la ola como una surfista.

Rachel soltó una maldición. Su madre se sabía muchos chascarrillos, pero no servían de nada: «No seas necia, déjate llevar por la corriente, la primera impresión es la que cuenta».

Se lo había repetido cientos de veces, siempre muy

alegre, mientras se acicalaba en el espejo para salir con el primer hombre que la hubiera mirado por la calle.

Pero tenía que reconocer que su madre llevaba razón. La primera impresión era la que contaba. El jeque la había juzgado por el aspecto que tenía al entrar en su apartamento.

Y ella tampoco había contribuido mucho a mejorar la situación, dejando que la besara en el cuarto de baño y ahora allí en el avión.

Sí, se había resistido al principio en ambas ocasiones, pero luego...

«Vamos, Rachel. Sé sincera, al menos contigo misma», le dijo una voz interior.

Sí. Él la había besado y ella, tras una tibia resistencia, le había devuelto el beso.

Esa era la pura verdad.

Él era todo lo miserable que un hombre podía llegar a ser. Demasiado rico, demasiado atractivo, demasiado egoísta para tolerar a los demás.

¡Maldita sea! ¡Era un hombre! ¡Con eso estaba dicho todo!

Lo que no lograba entender era por qué se le había derretido el cerebro solo por un beso de ese hombre despreciable. ¿Cómo podía haberle sucedido tal cosa?

Sí, era muy apuesto y condenadamente sexy, pero a ella no le atraía ese tipo de cosas.

No quería que nada ni nadie pudiera interferir en la vida que había proyectado desde que se despertó aquella mañana en que cumplía diecisiete años en una cama destartalada de una triste habitación de Pocatello, Idaho. Su hermana Suki, un año más joven que ella, había dormido a su lado, apestando a cerveza. Había apartado la manta a un lado y había visto la tarjeta de felicitación que su madre le había dejado sobre la mesita de noche. Era una cartulina grande pintada toda de forma chabacana con colores rosas y amarillos.

¡Feliz cumpleaños!, decía.

Dentro, había dos billetes de veinte dólares completamente nuevos. Y una nota.

Me he tomado unas pequeñas vacaciones con Lou.
Chicas, sed buenas hasta que os mande a buscar.
¡Os quiero!

Lou era su último «novio». Así era como a su madre le gustaba llamar a sus amantes. Esa no era la primera vez que se había tomado unas «pequeñas vacaciones». Solía marcharse, con cierta asiduidad, algún que otro fin de semana. Y, en cierta ocasión, cuando ella tenía solo diez años y Suki nueve, se marchó durante una semana entera.

Aquella mañana, en Pocatello, trató de convencerse a sí misma de que su madre volvería. Pero nunca más volvieron a verla.

Después de tres semanas, encontró un trabajo nocturno en Walmart, pero no ganaba siquiera para pagar el alquiler de su miserable habitación y la manutención de su hermana y de ella.

Así que tuvo que dejar el instituto, a un año de su graduación.

Sabía que estaba cometiendo un grave error, pero ¿qué otra cosa podía hacer?

–Tú seguirás estudiando, Suki –le dijo a su hermana–. Una de nosotras tiene que conseguir al menos el graduado escolar.

En agosto, Rachel se trasladó con su hermana a una habitación más confortable en un barrio menos conflictivo. Invertía todo lo que ahorraba en comprarle a Suki ropa y material escolar.

Pero Suki no parecía satisfecha con esos arreglos.

–¿Cómo puedes ir siempre con esa ropa usada que parece de segunda mano, mientras malgastas el dinero comprándome cosas para los estudios? –le dijo Suki un día–. No pienso volver al instituto nunca más.

Cuando cayeron las primeras nieves, recibieron una carta de su madre. Estaba en Hollywood. Tenía un amante, amigo de un productor de cine que iba a conseguirle un papel en una película. *Cuando la termine, volveré a por mis niñas*, decía al final.

Había más promesas. Más mentiras. Nunca volvieron a saber más de ella.

A mediados de enero, Idaho pasó a ser solo un recuerdo en sus vidas. Suki se marchó un buen día, sin despedirse ni dar explicaciones. Solo una escueta nota en la que decía: *Adiós*.

Se había ido igual que su madre. Con la única diferencia de que su madre había dejado cuarenta dólares y Suki había vaciado el tarro del azúcar y se había llevado los cincuenta dólares que Rachel había ahorrado en los últimos meses.

Rachel se trasladó a Bismarck, Dakota del Norte, y consiguió un trabajo de camarera. Luego se fue a Minneápolis para trabajar en lo mismo. Después de otras dos ciudades más, acabó en Little Rock, Arkansas, en una cafetería.

La comida era mala, los clientes, inmundos y las propinas, escasas.

Tenía que haber algún lugar mejor que aquello, se dijo ella una noche, después de que un individuo se marchara del local sin pagar. La chica que trabajaba con ella en el turno de noche le dijo que Dallas ofrecía más oportunidades.

Sin pensárselo dos veces, se marchó a Dallas. Luego a Albuquerque. Y de allí a Phoenix.

Estaba ya harta de viajar en busca de un trabajo y una vida dignos.

Fue entonces cuando Suki la llamó y le habló de Las Vegas.

En cierto modo, Las Vegas constituyó una mejora en su vida. Cuando los clientes estaban contentos porque habían ganado en el juego, dejaban propinas generosas. Y cuando, tragándose su orgullo, aceptó trabajar ligera de ropa, las propinas fueron aún mayores.

Había empezado a estudiar en la universidad y a planear una nueva vida. Un futuro mejor para ella y luego también para Ethan.

El ruido sordo del motor del avión le devolvió al presente.

¿Qué hora sería? No sabía a qué hora podrían haber salido de Las Vegas. Sobre las diez o las once, tal vez. No era fácil calcular la hora, dada la diferencia horaria existente entre la Costa Este y la Oste del país.

¿Sería esa la razón de que estuviese tan desorientada? ¿Podría eso explicar...?

No. Eso no había sido cosa del avión, ni de la diferencia horaria. No estaba volando cuando el jeque la besó la primera vez. Él era la verdadera causa de su estado. El sabor de sus labios. El contacto de su cuerpo duro y musculoso.

Aquello no tenía sentido. Ella no era así. Ella no se encaprichaba fácilmente de un hombre, como le pasaba a su hermana Suki.

–Mi hermana, la santa –le había dicho Suki una vez en tono de burla, con una botella de Chivas en la mano, después de saber que estaba embarazada–. Siempre tan modosita, tan formal. Comiendo sus verduritas y sin darse nunca un buen revolcón con un hombre.

Ella le había quitado la botella de whisky y la había vertido por el fregadero.

Ella nunca había pensado en el sexo como una liberación. Había visto que había sido una especie de adicción para su madre y para su hermana. Pero no lo sería para ella.

El sexo era una trampa que le robaba a una la sensa-

tez. Y solo por unos minutos de placer, por lo que había
oído decir a algunas mujeres. Ella lo había intentado
con un hombre un par de veces y lo único que había
conseguido era sentirse aún más sola.

No. Ella no necesitaba hombres, ni sexo. No necesitaba a nadie, salvo a Ethan. Con él, era únicamente con
quien se sentía feliz.

Ella era una mujer prudente, que pensaba bien las
cosas antes de hacerlas.

Por eso no estaba dispuesta a dejarse vencer por el
jeque. No iba a abandonar a su bebé.

Ethan. Llevaba ya mucho tiempo sin verlo. Se levantó
del asiento y caminó la docena de pasos que la separa-
ban de la zona donde Ethan estaba durmiendo. La azafata estaba echando también una cabezadita, pero se
despertó en seguida al sentir su presencia.

–¿Puedo ayudarla en algo, señorita? –dijo ella muy
solícita–. ¿Algo de comer, quizá? Tenemos sándwiches,
fruta, café...

–No, gracias. Solo quería ver cómo estaba mi bebé.

–Oh. Está bien, no se preocupe. Le cambié hace un
rato y le di de comer...

–Muchas gracias. Creo que voy a llevármelo al
asiento conmigo.

Rachel agarró la sillita y se lo llevó por el pasillo.
Pasó junto a Karim, pero sin mirarle. Estaba hablando
por el móvil. Escuchó algunas frases sueltas.

–Una suite... Sí, para un bebé... Bien, eso es todo.

Ella se sentó y puso la silla de Ethan en el asiento de
al lado. Luego tomó una manta y se la echó por encima.
Tenía frío y hambre. Pero no quería nada del jeque.

Lo que quería era saber lo que él pensaba hacer nada
más llegar a Nueva York.

¿Iría a un bufete de abogados o a un laboratorio?

No. A la hora que llegarían, no parecía probable.

Recordó las palabras que acababa de oírle. Sí. Les

llevaría a la suite de un hotel de lujo. Una cárcel de oro donde la tendría presa hasta que consiguiese aquella maldita prueba de ADN.

Hasta entonces no se había parado a pensar a quién o a quiénes afectaría ese test.

Necesitarían el ADN de Rami, por supuesto. Bastaría, probablemente con un mechón del pelo de su hermano.

Pero ¿y si quería una muestra suya? Él nunca había dudado de que ella fuese la madre de Ethan, pero ¿y si lo hacía? Ella no sabía sobre las pruebas de ADN más que lo que había visto en un documental de la televisión y en algunas películas de crímenes. ¿Sería su ADN igual que el de Suki o al menos lo bastante similar como para establecer que el bebé era suyo?

Ya era bastante negativo para ella que la prueba confirmara que Rami era el padre del niño. Pero ¿y si además establecía que ella no era su madre?

No podía esperar a averiguarlo. Tenía que escapar. Ya había fracasado una vez, pero no estaba dispuesta a hacerlo de nuevo. Lucharía contra él con todas sus fuerzas.

Iba a encerrarla en un hotel. Le pondría seguramente un agente de seguridad para vigilarla y asegurarse de que se quedaba allí quieta como un perro sumiso.

El jeque era muy precavido. Pero ella tenía una cosa que él no tenía: la sabiduría de la calle.

Si dejaba a uno de sus guardaespaldas vigilándola, ella pondría cara de desesperación y le diría que necesitaba con urgencia un paquete de pañales para cambiar al niño.

En cuanto el hombre saliese por la puerta, ella tomaría a Ethan y escaparía. Pero no por el vestíbulo, donde a buen seguro el jeque tendría apostados a alguna pareja más de sus esbirros, sino por alguna de las salidas de incendios o de servicio. Ella había trabajado como camarera en varios hoteles y conocía todas esas puertas y escaleras de emergencia.

Cuando el jeque llegase por la mañana, encontraría la suite vacía. Y una nota.

Por primera vez en varias horas, Rachel esbozó una sonrisa.

Las notas de despedida eran una especialidad de los Donnelly.

Unas filas más atrás, Karim contemplaba detenidamente las reacciones de Rachel.

Tenía una gran facilidad para leer el pensamiento de la gente a través de sus gestos y expresiones. Era una habilidad que había desarrollado primero en el palacio y luego en las duras negociaciones que había tenido que mantener con los directivos de las empresas más importantes del mundo.

Había estado la última hora tratando de leerle el pensamiento. La había visto tensa, sentada en el asiento, con gesto furioso. Sin duda le odiaba por aquel beso.

Había estado a punto de levantarse, tomarla en sus brazos y llevarla a un pequeño dormitorio privado que había en la parte de atrás del avión.

Dos minutos a solas con ella le habrían bastado para demostrarle que él no necesitaba forzarla para conseguir sus besos, que ella lo deseaba tanto como él a ella.

Por fortuna, la sensatez había prevalecido. Se había calmado.

Y ella también parecía haberlo hecho. La había visto más relajada cuando había pasado por el pasillo central, muy altiva, llevando a Ethan en la sillita.

El bebé le había recordado que lo que le llevaba a Nueva York no tenía nada que ver con ella ni con él, sino solo con Rami. Si el bebé era de su hermano, entonces se haría cargo de él.

Era lo menos que podía hacer por el niño. Y tal vez, también por Rami. Se lo debía.

En cuanto a su madre, acabaría por comprender que el chico tendría un porvenir mejor con él que con ella. Si quería de verdad a ese niño, estaría dispuesta a...

Se disponía a levantarse para explicarle todo eso cuando se dio cuenta de que, por alguna razón misteriosa, ya no estaba tan tensa como antes.

Entonces fue cuando comprendió que estaba planeando algo. Y algo gordo.

Había intentado ya escaparse una vez, pero él se lo había impedido. Seguramente, planeaba intentarlo de nuevo. No entendía qué pretendía conseguir con eso. Era una estupidez

¿Pensaría, tal vez, que creándole más dificultades conseguiría sacarle más dinero?

Cerró los ojos. No quería seguir pensando en ello. No hasta que tuviera los resultados de las pruebas en la mano. Cosa que tendría con toda seguridad al día siguiente.

Ya había hecho las gestiones necesarias. Había telefoneado a los hoteles de Las Vegas en los que Rami había dejado a deber dinero y había dispuesto el pago a todos ellos. Una vez resuelto eso, se había puesto en contacto sucesivamente con su abogado, con su médico y con su jefe de protocolo, y les había dado a cada uno las instrucciones necesarias. Ahora lo único que le quedaba por hacer era asegurarse de que aquella mujer no se escapase con el niño.

Seguía sin comprender por qué querría hacerlo. Era algo desconcertante. Como ella misma.

Viendo el apartamento en que vivía, estaba claro que no tenía donde caerse muerta. Hacerse cargo del niño no haría más que agravar su situación.

Y luego estaban las otras cosas. Era terca, desafiante y sin pelos en la lengua. En suma, reunía todas las peores cualidades de una mujer moderna.

A su modo de ver, una mujer, moderna o no, no debía ser así.

Se suponía que las mujeres debían ser más... sumisas.

Él nunca había tratado con una mujer como ella antes.

Estaba acostumbrado a que, en su empresa, las mujeres, fuera cual fuera su cargo, le dijesen: «Tiene razón, señor. Como usted mande, señor». Él no era solo un jeque, era también el presidente de una compañía que movía anualmente varios miles de millones de dólares.

Si se trataba de una relación íntima, entonces dejaba que la mujer le apease el tratamiento. Pero aun así, le gustaba que quedase bien patente quién era el que tenía la sartén por el mango. Su última amante había sido una mujer muy bella y, supuestamente, inteligente. Sin embargo, nunca se había atrevido a discutir con él sobre ningún tema.

A él le gustaban así...

Estaba convencido de que, si él hubiera dicho a su amante: «Alanna, ¿por qué no caminas un rato con los pies descalzos sobre unas brasas de carbón, para entretenerme un poco?», ella le habría contestado con una sonrisa: «Espera, déjame que encuentre una cerilla».

Esbozó una sonrisa sarcástica y dejó a un lado los papeles que fingía estar leyendo.

Trató de imaginarse la reacción de Rachel si le dijera algo parecido.

Se pondría hecha una furia, al principio. Pero luego, cuando él la estrechase entre sus brazos y la besase, ella respondería con la misma pasión que él. La llevaría entonces a la cama, la desnudaría y la acariciaría con las manos, la boca...

¡Maldita sea! Había vuelto a excitarse de nuevo. Sabía que no debía mezclar los negocios con el placer. Y

el asunto que se traía entre manos con ella, era estricta-
mente un negocio.

Ella era una mujer muy atractiva y sabría, con toda
seguridad, cómo complacer a un hombre. De eso no le
cabía ninguna duda. A Rami nunca le habían interesado
las mujeres recatadas e ingenuas. Por otra parte, cualquiera que la viese con aquel sujetador y aquel tanga,
se daría cuenta de que, independientemente de cuál
fuera su trabajo, era una mujer experta en sexo.

Sin embargo, llegado el momento, era solo una mujer más. No tenía nada de especial para un hombre que,
como él, estaba acostumbrado a tener todas las amantes
que quisiese.

Entonces, ¿a cuento de qué acababa de tener esa aca-
lorada reacción de colegial adolescente?

Frunció el ceño. Había estado muy ocupado las últimas semanas, había llevado una vida de monje. Esa
era, sin duda, la razón de todo. Llevaba muchos días sin
estar con una mujer. Pero eso tenía fácil arreglo.

Miró al reloj. Estarían en Nueva York en un par de horas. Su conductor les estaría esperando en el aeropuerto.
Llegarían al hotel a media tarde. Había reservado una de
las suites de invitados para Rachel y el niño.

Se daría una ducha de agua caliente y se metería en
la cama a descansar. Tenía sueño atrasado. Al día siguiente, por la mañana, se reuniría con su abogado y se
pasaría luego por el laboratorio que su médico le había
recomendado. Con las pruebas en la mano, sería más
fácil negociar con aquella mujer tan testaruda. Conseguiría fácilmente la custodia del niño.

Con un poco de suerte, todo estaría resuelto en un par
de días. Luego, sacaría su BlackBerry, elegiría un nombre y un número, y pondría fin a aquellas semanas de
abstinencia.

Capítulo 7

SEÑORITA?

Rachel se había quedado dormida y se despertó sobresaltada.

–Vamos a aterrizar en una hora –dijo la azafata muy sonriente–. Puedo traerle algo de comer o, si lo prefiere, un zumo o una taza de café.

–Un café será... –Rachel se aclaró la garganta–. Un café será suficiente. Gracias.

–Muy bien, se lo traigo ahora mismo.

Rachel asintió con la cabeza. Miró al asiento de al lado y le dio un vuelco el corazón. Estaba vacío.

–¿Moira?

–¿Sí, señorita?

–¿Dónde está mi bebé?

–Oh, me lo llevé conmigo. Se despertó y parecía que tenía mucha hambre.

–Gracias –dijo Rachel, suspirando aliviada.

–De nada, señorita. Es un niño encantador.

–Está con los dientes, ¿sabe, usted? –dijo ella con una sonrisa.

–Me lo imaginaba. Recuerdo aún cuando mis hijos eran así de pequeños –dijo la azafata muy cordial–. Le di un chupete que había en la bolsa de los pañales y se puso muy contento. Después de comer, se quedó dormido. Creo que sería mejor no moverle para no despertarle. Así podrá dormir hasta que aterricemos.

–Sí. Me parece bien. Gracias de nuevo.

–Es un placer, señorita. Iré ahora a por el café.

Rachel puso el asiento en posición vertical y miró por la ventana. No sabía ni dónde estaba. Entre el sueño que se había echado y la diferencia horaria entre la Costa Oeste y la Este, estaba desorientada. Por no hablar de todas las cosas que le habían pasado con el jeque.

¿Seguiría sentado todavía en una de las filas centrales del avión? Sintió deseos de girar la cabeza para comprobarlo, pero no quiso darle esa satisfacción.

¿Qué estaría haciendo? ¿Estaría dormido? ¿Estaría trabajando con esos documentos que había sacado del maletín? ¿O estaría mirando por la ventanilla, como ella, pensando cuál sería su siguiente paso? Podría averiguarlo, sin necesidad de volver la cabeza, sin más que levantarse del asiento y dirigirse hacia el cuarto de baño que estaba en la parte trasera del avión.

Necesitaba ir, de todos modos.

Se incorporó y se encaminó hacia allí. Él seguía sentado en el mismo sitio donde había estado todo ese tiempo. Tenía el asiento ligeramente reclinado hacia atrás. Parecía muy tranquilo y relajado, con las piernas estiradas y las manos sobre los reposabrazos.

Tenía los ojos cerrados. Le miró discretamente. Y se quedó sin aliento. Era un rostro hermoso. No había otra palabra para definirlo. Y tenía unas pestañas negras y largas que para sí quisieran muchas mujeres. Se notaba que llevaba todo el día sin afeitar, pero eso, lejos de quitarle atractivo, le daba un toque de masculinidad extra, si ello era posible.

Misterioso. Elegante. Un depredador de pura raza. Una pantera.

Él abrió los ojos de repente y sus miradas se cruzaron.

Ella sintió un calor sofocante en el vientre. Recordó la sensación de sus labios deslizándose suavemente por su boca.

¡Basta! Tenía que huir de él. Pero ¿cómo iba a escapar de una pantera?

Alzó la cabeza, lo más digna que pudo, y pasó junto a él, caminando deprisa hasta llegar al aseo. Abrió la puerta y la cerró corriendo. Se quedó con la espalda apoyada contra la puerta, sintiendo el corazón latiéndole en el pecho a toda velocidad.

Aquello tenía que terminar. Él era su enemigo. Un enemigo muy peligroso. No había ninguna razón para que se sintiese atraída por él. Respiró profundamente un par de veces y se apartó de la puerta. El cuarto de baño tenía un lavabo y un tocador de mármol, una ducha con una mampara de cristal, un inodoro y un armarito de estanterías con toallas, pastillas de jabón, cepillos de dientes y todo tipo de cosas para el aseo que uno pudiera desear.

Miró la ducha con ojos de deseo, pero rechazó la idea. No podía quedarse desnuda allí. No quería que se repitiese lo ocurrido esa mañana en su apartamento: Karim, mirando su cuerpo desnudo con aquellos ojos sombríos, sus manos envolviendo sus pechos y sus dedos acariciando sus pezones erectos, mientras un fuego líquido corría entre sus muslos...

No pudo evitar un gemido. Se dio la vuelta y se contempló en el espejo. Vio a una mujer exactamente igual que ella con la que tal vez pudiera compartir sus preocupaciones.

—Te pilló por sorpresa —dijo ella al espejo.

«¿Hablas en serio? Otras veces también te habían pillado por sorpresa y, sin embargo, tú no respondiste de esa forma», pareció decirle la mujer del espejo.

Se miró detenidamente. Estaba pálida. Tenía ojeras, los ojos enrojecidos, y el pelo revuelto.

«Tienes aspecto de tristeza y de derrota. ¿Es así como quieres que te vea Su Majestad?».

Sí, el espejo tenía razón. Se puso manos a la obra. Abrió el grifo del lavabo. Se limpió los dientes y se lavó las manos y la cara con un jabón líquido que olía a limones frescos. Se quitó la cinta del pelo y se lo cepilló hasta que quedó suelto, desenredado y con brillo.

—Mejor, ¿no? —dijo volviendo a mirarse en el espejo.

«No es que estés para ir a la gala de los Óscars, pero estás mejor que antes».

Respiró hondo una vez más, esbozó una sonrisa, abrió la puerta y enfiló el pasillo... con tan mala suerte que al llegar a la altura de Karim el avión atravesó una turbulencia y ella se tambaleó. Él la agarró muy solícito por la muñeca para que no se cayera, demostrando una vez más tener muy buenos reflejos. La pantera estaba siempre alerta.

—Gracias —dijo ella al fin con una sonrisa de circunstancias.

—¡No me lo puedo creer!

—¿Qué?

—Eso de gracias. Nunca pensé que pudiera salir una palabra como esa de sus labios, *habiba*.

—Suelo ser amable cuando se me trata con respeto —dijo ella con frialdad.

—Reconozco que tiene mucho talento. Se necesita tenerlo para conseguir que resulte amable un comentario que realmente es un insulto. Pero no se quede ahí, siéntese aquí a mi lado.

—Gracias, pero estoy bien.

—Bueno, esto es ya todo un récord. Dos «gracias» en menos de un minuto, aunque tal vez ninguna de las dos sea sincera. Siéntese, por favor —dijo él, soltándole la muñeca—. Moira nos traerá el café. Y algo de comer.

—No tengo hambre.

—No sea tonta. Claro que tiene hambre. Además, debe saber que negarse a compartir el pan con alguien es una descortesía en mi país.

—No estamos en su país.

—Se equivoca —dijo él como si estuviera muy seguro de sus palabras.

La azafata llegó en ese momento, empujando un carrito que llevaba unas bandejas de fruta, unos sándwiches de queso y un servicio completo de café, todo de plata. Karim hizo un gesto discreto a la azafata para que se fuera, sirvió dos tazas de café y puso unos sándwiches y unas frutas en dos bandejitas. Le pasó una a ella junto con una servilleta de lino.

—Le estaba diciendo que se equivocaba. Además de príncipe, soy la representación diplomática de mi país.

—Debe de sentirse muy orgulloso —dijo ella con velada ironía.

—Eso significa que cualquier lugar en el que yo viva forma parte de Alcantar. Mi casa de Nueva York, la cabaña de Connecticut en la que paso los fines de semana, este avión... Cualquier persona que esté en uno de esos lugares queda sujeta a las leyes de mi pueblo. ¿Lo entiende?

—Yo soy una ciudadana americana. Usted no puede...

—Esto no es objeto de debate. Es un hecho incuestionable.

Rachel sintió que le temblaba la mano. Dejó la taza con cuidado en la bandeja.

—Déjese de retóricas —dijo ella—. Diga lo que diga, tanto Ethan como yo somos ciudadanos americanos y usted no puede hacer con nosotros lo que le dé la gana.

—Tal vez todo sería más fácil si me dejara terminar de hablar... Somos personas adultas. Y creo que los dos queremos lo mejor para Ethan. No hay razón para que seamos enemigos.

—No estoy muy segura de que usted quiera para Ethan lo mismo que yo, Alteza.

—Por favor, Rachel, llámame Karim.

¿Qué se proponía con eso? ¿Sería una nueva argucia suya?

Rachel tomó un sorbo de café, tratando de disimular su confusión. Fuera lo que fuese, no se iba a dejar caer en la trampa. Tal vez habría reconsiderado el caso durante el vuelo y hubiera llegado a la conclusión de que le traía más cuenta llegar a un acuerdo que ir a los tribunales.

Pero estaba claro que los dos querían algo muy diferente con relación al niño.

Ella quería que su bebé creciera en un clima de afecto y calor, mientras que, con toda seguridad, él querría educarle como el hijo de Rami que era. Pero teniendo en cuenta cómo había sido la vida de Rami, eso no parecía un buen modelo a seguir.

–Me alegra que estemos de acuerdo en que el bienestar de Ethan es lo más importante –dijo ella con mucha cordialidad–. Pero...

–¿Por qué mi hermano te abandonó? –preguntó él, por sorpresa.

–Ese es un tema del que prefiero no hablar.

–¿Por qué no? Supongo que tendrás algo que decir del hombre que fue tu amante, te dejó embarazada y luego te abandonó. ¿No te dejó siquiera alguna compensación económica?

–Aprecio tu interés –dijo ella, dejando la taza de café en la bandeja–. Pero eso forma parte ya del pasado.

–Rami debería haberse preocupado por el futuro de su hijo. ¿Se marchó así, sin decirte nada?

–Sí, así fue –dijo ella en voz baja.

–Sé que lo que voy a decirte no va a cambiar para nada las cosas, pero creo que debes saber que él no siempre fue tan irresponsable. Tuvimos una infancia difícil. Las experiencias que tuvimos que vivir le dejaron marcado de alguna forma.

–¿Y a ti? ¿No te dejaron marcado también?

–Es probable, pero los dos seguimos caminos diferentes. Nadie sabe por qué dos hermanos que se han educado igual acaban teniendo un sentido de la vida totalmente distinto.

–Es cierto –dijo ella, como hablando consigo misma–. Yo tengo una hermana de la que guardo muy buenos recuerdos de cuando éramos pequeñas, pero no así de lo que pasó después.

–Ella no habría luchado seguramente tanto como tú para conservar a un hijo. En todo caso, quiero que sepas que educaré a Ethan como a un príncipe.

–Me tiene sin cuidado que sea príncipe –replicó Rachel sin pensárselo dos veces–. Él es...

–Al final, sin querer, has reconocido que el niño es de Rami –dijo Karim con ojos sombríos.

Ella lo miró fijamente. Eso era lo que había estado urdiendo durante el viaje: una argucia para hacerle confesar que Rami era el padre de su bebé.

¡Qué tonta había sido pensando por un instante que ese hombre podría tener un buen corazón y que no debía considerarle su enemigo!

Dejó su bandeja en el carrito que la azafata había dejado en el pasillo.

–Olvidas la única cosa que de verdad importa –dijo ella con mucha frialdad–. Ethan es mío.

–Es un príncipe.

–Es un niño. Y tiene un nombre: Ethan. Yo se lo puse –dijo ella poniéndose de pie.

Karim dejó también su bandeja en el carro, le dio un empujón y se levantó del asiento.

–Comprendo que te sientas despechada, pero...

–¿Despechada? –exclamó Rachel, poniéndose también de pie–. ¡Yo odiaba a tu hermano!

–¿Le odiabas? Entonces, ¿por qué te acostabas con él? ¿Por qué le permitiste que te dejase embarazada? –ella se apartó de él e hizo ademán de dirigirse al asiento donde había estado sentada antes, pero él la agarró por el hombro y la hizo darse la vuelta–. ¿Qué clase de mujer eres? Le odiabas, pero te acostabas con él. Y dejaste que te hiciera un hijo.

Rachel comenzó a temblar. Deseaba contarle la verdad de todo. Pero no podía, no podía...

–Son cosas que pasan –dijo ella.

–¿Es eso lo que dices cuando te entregas a un hombre? ¿Son cosas que pasan?

–No, no era eso lo que quería decir.

–No, claro que no –dijo él agarrándole la barbilla para obligarla a mirarle a los ojos–. Supongo que habría tenido una buena racha en el juego la primera noche que se acostó contigo, ¿verdad? –ella trató de darle una bofetada, pero él le sujetó las manos–. ¿Cuál era tu precio? ¿Cuánto le pediste para poder olvidar el odio que sentías por él, *habiba?*

–¡Malnacido! ¡Miserable! Tú no sabes nada sobre mí. Ni una maldita cosa...

No pudo terminar la frase. El jeque Karim se inclinó sobre ella y la besó en la boca sellando sus labios. Luchó contra él. Trató de resistirse. Pero una vez más, como ya le había pasado antes, sintió que la tierra se movía bajo sus pies y que su mente quedaba vacía de todo lo que no fuera el sabor de sus labios y el contacto de su cuerpo.

–Te odio –susurró ella mientras le besaba, y se quedaba casi sin aliento al sentir en los glúteos el contacto de sus manos–. Te odio, Karim, te odio...

Sonó una sirena en ese momento y se escuchó, acto seguido, la voz impersonal del piloto anunciando que aterrizarían en cinco minutos.

Karim la soltó y la miró a los ojos. Estaban bañados en lágrimas.

–Si vuelves a hacerlo otra vez... –dijo ella apretando los dientes.

Se sentía culpable. Él había empezado, pero ella se había dejado llevar por su deseo.

No volvería a suceder otra vez, se prometió a sí misma.

Se apartó de él, se volvió a sentar y se abrochó el

cinturón de seguridad. El avión desplegó el tren de aterrizaje y tomó tierra pocos segundos después. Tan pronto se detuvo, ella se puso de pie, pero no pudo evitar que él la agarrase del hombro.

–Bienvenida a Nueva York, *habiba*. Y no hagas promesas que no puedes cumplir.

Karim se inclinó de nuevo sobre ella y la besó otra vez. Ella soltó un gemido sintiendo su cuerpo ardiendo de fuego...

Entonces le mordió. Lo suficiente como para hacer que él diera un paso atrás.

Una ligera mancha roja apareció en su labio inferior. Se pasó un dedo por la boca y la miró fijamente con los ojos entornados.

–Si te gustan estos juegos –dijo él en voz baja–, yo también sé jugar a ellos.

Ella quiso responderle, decir algún comentario ingenioso. Pero tenía la mente en blanco.

Él sostuvo su mirada, inclinó la cabeza de nuevo y volvió a besarla. Fue un beso lento y prolongado. Ella percibió el sabor salado de su sangre, y el ardor de su deseo. Quiso apartar sus labios de los suyos, pero no lo hizo. No podía...

Él alzó la cabeza y miró sus mejillas arrebatadas, con un brillo de victoria en los ojos.

Un Mercedes negro les estaba esperando a la salida del aeropuerto. El conductor abrió la puerta. En la parte de atrás del coche había instalada una silla para bebés.

Había pensado en todo. ¿Estaría muy lejos el hotel?

Rachel estaba exhausta y tenía sueño. Necesitaba una buena ducha de agua caliente y dormir. Y luego..., la libertad.

El Mercedes se incorporó en la autopista. ¿Qué hora

sería? Miró al reloj, pero había muy poca luz en el coche. Le pareció ver que eran las cuatro de la tarde.

Esa era la hora local en Nevada. Allí, en Nueva York, serían por tanto tres horas más.

–Son las siete de la tarde –dijo Karim, como adivinándole el pensamiento.

–Gracias –dijo ella secamente–. Pero no te lo había preguntado.

–No necesitabas hacerlo. Me he dado cuenta de que estabas un poco desorientada.

Decidió no contestarle y se puso a mirar por la ventanilla. ¿Qué iba a ganar discutiendo con él? El viaje a la ciudad se le hizo interminable, pero finalmente entraron en una calle ancha, con edificios muy altos a un lado y un gran parque al otro.

–¿Queda muy lejos el hotel? –preguntó ella.

–¿Qué hotel?

–En el que nos vas a encerrar a Ethan y mí.

Él se echó a reír mientras el Mercedes se detenía en la acera. «Aquí estará el hotel», se dijo ella.

Pero el hombre que les abrió la puerta muy solícito no era el típico portero de un hotel.

¿Qué portero de un hotel, por muy de lujo que fuese, haría esa reverencia y chocaría los talones con tanto respeto?

–Bienvenido a casa, Alteza. Espero que haya tenido un buen viaje.

–¿A casa? –exclamó Rachel sorprendida–. ¿Esta es tu casa?

–Sí –dijo Karim con indiferencia–. Mi pequeño pedazo de Alcantar.

Ethan comenzó a llorar. Karim se acercó a él, pero Rachel trató de impedírselo. Ethan se puso a llorar más fuerte. Entonces el jeque tomó al niño en brazos y entró dentro de la casa.

Rachel vio a su bebé desaparecer en los brazos del hombre que más había odiado en la vida.

–¿Señorita? –dijo el sirviente, tendiéndole la mano.

Ella se bajó del coche sin apoyarse en la mano que le ofrecía gentilmente aquel hombre y se dirigió a la casa. Otro sirviente se apresuró a abrirle la puerta y a hacerse a un lado para que ella pasara. Entró en una especie de recibidor. Karim estaba esperándola en la puerta del ascensor privado, con Ethan en brazos.

Rachel comprendió que, a partir de ese momento, a menos que estuviese dispuesta a dejar a su bebé, cosa que no ocurriría nunca, estaba, a todos los efectos, prisionera del jeque.

Capítulo 8

A ESO de las tres de la madrugada, incluso una ciudad como Nueva York estaba durmiendo. Pero Karim no. El jeque estaba a oscuras, junto a una de las ventanas de su dormitorio. Llevaba puesto solo el pantalón del chándal gris que guardaba como recuerdo de sus días en la universidad de Yale. A su espalda, la cama revuelta y deshecha era mudo testigo de las horas que se había pasado dando vueltas en ella sin poder dormir.

No lo comprendía. Debía haber caído rendido nada más acostarse.

No había dormido nada la noche anterior y el día había sido agotador. Había comenzado descubriendo que su hermano había tenido un hijo. Luego había tenido aquellos enfrentamientos con Rachel, un vuelo de cinco horas de Nevada a Nueva York y, finalmente, se había pasado varias horas en su estudio, tratando de leer y contestar, en su caso, los mensajes que había recibido por el móvil y el ordenador.

Se había ido agotado a la cama, pero no había conseguido conciliar el sueño.

Se había estado imaginando a Rachel en la suite de invitados al fondo del pasillo. ¡Uf! Entró en el cuarto de baño, abrió el grifo del agua fría y metió la cabeza debajo. Bebió un poco de agua, se secó con la toalla y volvió a la ventana.

Él no era un hombre dado a fantasías eróticas. Siempre había tenido a todas las mujeres que había querido, dispuestas a satisfacer el menor de sus deseos.

Tampoco sufría de insomnio. Solía dormir bien, por muy duro que hubiera sido el día.

Y, sin embargo, ahora estaba allí de pie, bien despierto.

Dieciocho pisos más abajo, la Quinta Avenida estaba desierta. Central Park era una selva silenciosa de color verde oscuro en el lado opuesto de la calle. Más allá, se vislumbraban de forma débil y apagada las brillantes luces de los rascacielos de Manhattan.

«Maravilloso», pensó él. «El mundo entero duerme, menos yo».

Nunca había necesitado dormir mucho. Con cuatro o cinco horas tenía más que suficiente. Pero no era tan iluso como para pensar que podría afrontar todo un día de trabajo sin haber descansado al menos unas horas.

Tenía una agenda muy apretada al día siguiente. Además de sus tareas habituales, tenía un desayuno de trabajo con un banquero de Tokio en el Regency y luego, a media mañana, otra reunión, en el Balthazar, con un funcionario de la India. Y después del almuerzo, tendría la reunión de dirección con todo su equipo. Había estado fuera demasiado tiempo. Tenía varios asuntos pendientes y debía ponerse al día con sus colaboradores.

Y luego estaba lo demás, se dijo él con un gesto de contrariedad

A las dos tenía cita con su abogado. Su contencioso con Rachel.

Sabía que no iba a ser fácil llegar a un acuerdo sobre la custodia de Ethan.

¿Qué tendría que hacer para que ella renunciara a sus derechos sobre el niño? Ya le había dicho que ella nunca haría tal cosa. Pero eso eran solo palabras. Todo el mundo tenía un precio. Y las mujeres, especialmente. Sí, ellas solían decir que les gustaba su aspecto y su virilidad. Pero sabía muy bien que lo que más les gustaba de todo era su poder y su dinero.

Eso debía de haber sido, sin duda, lo que había despertado el interés de Rachel por su hermano.

Pero Rami no tenía dinero, como demostraba aquel humilde apartamento donde había vivido con ella. Y en cuanto al título... había visto que a Rachel esas cosas le daban risa.

La verdad era que él tampoco le daba mayor importancia. Había conseguido su fortuna por sus propios medios, pero se había educado en medio de aquellos tratamientos honoríficos trasnochados y absurdos. Él no había hecho nada para fomentarlos y no se molestaba tampoco cuando alguien los criticaba.

Por otra parte, la mayoría de las personas, especialmente las mujeres, cuando se enteraban de quién era, comenzaban a actuar como si estuvieran en la Francia prerrevolucionaria y él fuera el rey Sol. La gente se deshacía en halagos y cortesías hasta casi avergonzarle.

Le entraron ganas de reír recordando a Rachel. Ella era todo lo contrario. Ella desdeñaba su condición de jeque y heredero al trono de Alcantar. Y el hecho de que fuera multimillonario tampoco suponía para ella ningún mérito. Le trataba como a cualquier otra persona normal. Cualquier otra persona que no le gustase, se dijo él con una sonrisa.

Rachel era muy interesante. Era una mujer independiente, con un niño que sacar adelante. Eso no le sería nada fácil. Su madre, la suya y la de Rami, había sido una mujer con todos los medios a su alcance y, sin embargo, sus hijos habían sido siempre un inconveniente para ella.

Él no podía imaginarse que a Rachel le supusiera ningún inconveniente estar con su hijo.

Pero fuera o no una buena madre, el bebé estaría mejor con él. El destino del niño era ser un príncipe de Alcantar. Rachel tendría que ir haciéndose a la idea.

Maldita sea, ¿por qué estaba pensando siempre en ella?

Lo sabía muy bien. Por el sexo. Quería acostarse con Rachel.

Quería tenerla desnuda y gimiendo de placer. Quería recorrer palmo a palmo su cuerpo. Quería sentir el aroma de su piel y el calor húmedo de su feminidad. Quería sumergirse dentro de ella y ver cómo sus ojos se iban extraviando conforme él la hacía llegar al orgasmo una y otra vez.

Karim se frotó la cara con las manos y soltó una maldición. Si seguía así, acabaría volviéndose loco. No tenía sentido seguir allí pensando en ella.

Salió de su dormitorio y se dirigió a las escaleras. Se tomaría un brandy o dos y se olvidaría de esas tonterías. Luego volvería a la habitación y dormiría tranquilamente...

Escuchó un leve sonido en ese momento. ¿Qué podría haber sido? ¿El viento?

Volvió a oírlo de nuevo. Era el bebé.

Rachel le había dicho algo acerca de que estaba echando los dientes. Sí, eso debía de ser.

Maldita sea. Era lo que le faltaba. Que el niño se pusiera a llorar...

Pero el sonido se detuvo. Se quedó en silencio esperando, pero no volvió a escucharlo más.

O el niño se había vuelto a dormir o Rachel había ido a calmarlo...

Pero ya estaba bien de pensar de Rachel por esa noche.

La luz plateada de la luna entraba en la sala de estar, perdiéndose en la oscuridad tenebrosa de los techos de más de cuatro metros. Se fue directo a su estudio y se dirigió a los estantes de madera de teca donde tenía un *décanteur* de cristal Steuben.

Demonios. El niño estaba llorando de nuevo. Rachel

no debía de haber ido a verle, como era su obligación. Cuando estuviese bajo su custodia, estaría mejor atendido. Tendría tutores, niñeras e institutrices. El hijo de Rami aprendería a ser responsable y a no malgastar su vida en frivolidades, sino en cumplir con su deber y sus responsabilidades.

El llanto comenzó a resultar ya molesto.

Dejó el vaso que había tomado y salió del estudio. Subió corriendo las escaleras y se dirigió al fondo del pasillo donde estaba la suite de Rachel y el niño.

La puerta estaba cerrada. Dio unos pequeños golpes con los nudillos.

—¿Rachel?

No hubo respuesta. Genial. Ella estaría tranquilamente dormida mientras él vagaba por el pasillo en mitad de la noche como un chiflado.

Lo intentó de nuevo. Llamó un poco más fuerte. Nada. Abrió entonces la puerta y pasó dentro. Ella tenía que estar en una de las dos habitaciones que daban al distribuidor.

El llanto había cesado, pero sabía que podía volver en cualquier momento. Solo había una manera de resolver aquel problema. Hablaría con ella y le diría que se encargara de calmar al niño. Tenía una agenda muy apretada al día siguiente y necesitaba descansar.

Había una puerta entornada. Vaciló un instante y luego la abrió.

No había ninguna cuna, ni ninguna de las cosas para el bebé que él había encargado. Vio solo una cama en la misma situación que la que él acababa de dejar en su dormitorio. Las sábanas estaban revueltas y las mantas por el suelo, como si la persona que hubiera estado durmiendo allí hubiera sufrido alguna pesadilla. Era la habitación de Rachel. La cama de Rachel.

Podía oler el tenue aroma de limón en el aire. Sí, Rachel olía a limón. Fresca. Sana. Limpia. Delicada. Y sincera. ¿Qué mujer que no fuera sincera le habría mirado a los ojos mientras admitía que había odiado al hombre que había sido su amante?

Pero ¿cómo una mujer como ella podía haberse acostado con un hombre que no amaba?

Karim maldijo entre dientes. Había entrado allí solo para ocuparse de un bebé que lloraba.

Salió del dormitorio y se dirigió hacia la otra puerta. Estaba también entreabierta. Entró.

Sí, esa era la habitación del niño. Allí estaba la cuna y las cosas del bebé.

El cuarto estaba iluminado por la suave luz de una lámpara que tenía la forma de un tiovivo.

Allí estaba Rachel, dormida en un sillón orejero con el bebé en brazos y el pelo suelto cayéndole por los hombros como una lluvia de oro. Llevaba puesto un camisón blanco de algodón de cuello alto que le llegaba hasta los pies.

Karim se sintió sobrecogido. Había visto a esa mujer en tanga y sujetador. La había visto desnuda y la había visto también con vaqueros. De todas esas formas, le había parecido bellísima, pero ahora, tal como la veía allí sentada, tan perfecta y vulnerable, sintió que se le paralizaba el corazón.

No entendía cómo podía haber estado con Rami. Pero eso carecía ya de importancia.

Lo único que importaba era que él la deseaba mucho más de lo que había deseado nunca a ninguna otra mujer. Pero desear no era lo mismo que poseer. Y él no podía tenerla.

Respiró hondo. No podía ser. Eso solo complicaría aún más las cosas. Él tenía una responsabilidad y un deber para con su padre, su pueblo y la memoria de su hermano muerto.

El niño se puso a llorar de nuevo. Karim se inclinó

hacia él. Tenía los mismos ojos azules y las mismas pestañas que su hermano. Se puso un dedo en los labios.

–Shhh... Duerme pequeño. Tienes que dejar descansar a tu mamá.

Sin pensárselo dos veces, tomó al niño en brazos con mucho cuidado para que Rachel no se despertase y salió del cuarto.

¿Y ahora qué? ¿Qué podía hacer con él?

El niño se puso a mover las manos y a patalear, amenazando con ponerse a llorar de nuevo.

–Está bien –dijo Karim–. ¿Qué te parece si vamos abajo un rato?

Mientras bajaban las escaleras, Ethan comenzó a hacer unos ruiditos sospechosos.

–¿Qué es lo que quieres? –exclamó Karim empezando a perder la paciencia.

Maldita sea. Tal vez quisiera el biberón o, peor aún, que le cambiasen los pañales.

La sala estaba ahora un poco más iluminada. Estaba a punto de amanecer.

Karim se acercó con el niño a uno de los ventanales.

–Mira qué día más hermoso va a hacer hoy.

El niño volvió a hacer más ruiditos como los de antes. Karim tenía, en el yate, una lancha con un motor fueraborda que hacía un ruido muy parecido al arrancar.

Ethan se echó a llorar de nuevo como un desconsolado.

–No llores, pequeño –dijo él pasándole un dedo por la mejilla.

El niño le agarró el dedo con las manitas y se lo llevó a la boca.

Dejó de llorar como por arte de magia.

Eran los dientes. El niño le estaba mordiendo el dedo. Karim sonrió.

Se sentó en el extremo de uno de los sofás del salón,

puso los pies sobre una de las mesitas de madera de teca y vidrio y se colocó un cojín en la espalda.

Ethan seguía mordisqueándole el dedo, ahora con cara de satisfacción.

Karim le miró fijamente. Era un niño muy guapo. Al menos para alguien a quien le gustasen los niños. No era su caso. Aunque tampoco le disgustaban.

El niño olía muy bien. A algo suave. No a limón, como Rachel, sino a ese olor tan característico de los bebés.

Ethan se acurrucó sobre su pecho y sonrió sin dejar de chuparle el dedo.

Luego abrió la boca y comenzaron a cerrársele los ojitos.

—Eso está mejor, muchachito –dijo Karim en voz baja–. Ya era hora de que te durmieras. Ahora te llevaré con mamá...

Ethan, apoyó la cabecita en sus mejillas mientras Karim bostezaba.

Poco después, tanto el bebé como el jeque Karim al Safir estaban profundamente dormidos.

Karim se despertó bruscamente.

Ethan seguía aún dormido en sus brazos. Él también debería hacer lo mismo. Dormir un par de horas más y llamar luego a su secretaria para decirle que cancelase todas las citas del día.

¿Por qué no? Los señores de Tokio y de la India podrían esperar hasta que él acabase de resolver los asuntos de Rami.

Había ido a Las Vegas para dejarlo todo zanjado, pero se había encontrado con que su hermano había tenido una aventura con una bailarina, una stripper o lo que demonios fuera Rachel Donnelly. Además de una madre.

Sí, una buena madre. De eso no le cabía ninguna duda. Responsable. Cariñosa. Abnegada.

Aún no podía creer que Rami se hubiera sentido atraído por una mujer como ella. Él estaba más acostumbrado a mujeres mucho más frívolas, con los senos más grandes que el cerebro.

Y no es que a Rachel se le pudiera poner ningún pero en ese aspecto, se dijo el jeque.

Sus pechos, y todo lo demás que él le había visto en aquel encuentro furtivo y fugaz de su cuarto de baño, eran exuberantes y seductores.

Maldita sea. ¿Cuántas veces se había dicho ya, en las últimas horas, que tenía que dejar de pensar en ella?

Se puso de pie y llevó al bebé a la suite de invitados. Rachel seguía dormida en el mismo sillón de antes. Tenía un aspecto increíblemente hermoso. E inocente.

Se hubiera quedado allí mirándola extasiado hasta que se despertase, pero se contuvo. Llevó al bebé a la cuna, le tapó con una manta, y se dispuso a salir del cuarto...

Pero sintió entonces un impulso desconocido para él. Volvió a la cuna, se inclinó hacia el niño y le acarició los ricitos rubios con mucha dulzura.

–Que duermas bien, pequeño –le susurró al oído.

Luego antes de que pudiera sucumbir al deseo loco de acercarse a Rachel y hacer lo mismo con ella, salió de la suite y se dirigió por el pasillo hacia su dormitorio.

Llamó a su secretaria, pero no para cancelar sus reuniones del día. Pensó que el trabajo le despejaría la cabeza. Las que sí canceló fueron las citas que tenía ese día con su abogado y con el laboratorio médico.

Una vez hechas las tres llamadas, se quitó los pantalones, se metió en la ducha y trató de relajarse bajo el chorro de agua caliente.

No había ninguna prisa. Esas cosas podían esperar. Un día, dos... incluso tres.

Su decisión no tenía nada que ver con Rachel, se dijo él. Nada en absoluto.

Rachel, que se había despertado al entrar Karim en la habitación, abrió los ojos solo cuando estuvo segura de que él se había ido.

Estaba confusa. Nada parecía tener sentido. ¡El arrogante jeque había estado cuidando a Ethan mientras ella dormía y lo había tratado con suma ternura!

Después de ver cómo había acariciado al niño en la cuna, se había imaginado que iría a donde ella estaba y le acariciaría de igual modo, convencido de que seguía dormida.

Se levantó del sillón, dispuesta a dejar a un lado esas tonterías.

Empezaba un nuevo día. Ella también tenía que empezar a planear su fuga.

Sabía que iba a resultar muy complicada. Siempre había alguien vigilándola. Karim tenía un buen grupo de personas a su servicio en aquella casa. Y debían de estar bien aleccionados.

Cuando apareció en la cocina, con Ethan en brazos, una mujer mayor con las manos manchadas de harina se volvió hacia ella y la saludó cordialmente.

–Buenos días, señorita. Soy la señora Jensen, la cocinera del jeque.

«Y yo la prisionera del jeque», sintió ganas de decir ella.

Pero se contuvo. Karim era su enemigo. Y por extensión, todos sus empleados.

–Y este debe de ser Ethan, ¿verdad? –prosiguió la buena señora–. ¡Su Alteza tenía razón! Es una niño adorable.

–¿Eso fue lo que le dijo? –exclamó Rachel, sorprendida.

–Oh, sí, señorita. Su Alteza nos dijo que el bebé era...

–¿Nos dijo?

–Disculpe, señorita –dijo la señora Jensen, limpiándose las manos en el delantal y apretando un botón de una especie de teléfono que había en la pared–. El príncipe Karim me pidió que le presentara al resto de los miembros del servicio: la señora López, que es el ama de llaves, el chófer del príncipe, que usted ya conoce porque fue a recogerles al aeropuerto, y mi nieta Roberta, que estará aquí dentro de una hora y nos ayudará con el bebé.

–Yo no necesito ayuda de nadie con mi bebé –dijo Rachel, abrazando instintivamente al niño.

–Le gustará Roberta, señorita. Ya lo verá. Es una niñera profesional y adora a los bebés.

–Puedo cuidar perfectamente a Ethan yo sola.

–Por supuesto que sí, señorita Donnelly. Pero Su Alteza me pidió que, si mi Roberta estaba libre, viniera un rato para echarle una mano.

–Para tenerme vigilada, me imagino –dijo Rachel con frialdad.

–No, señorita. ¡Por favor! ¡Qué cosas dice! Por supuesto que no. Solo para ayudar –exclamó la cocinera con tono de indignación–. Él sabe que mi Roberta es una niñera excelente.

–Oh, sí –dijo Rachel con cierta ironía–. De eso no me cabe ninguna duda.

–Su Alteza se encargó de que mi Roberta fuera al instituto, señorita Donnelly –dijo la mujer, mirando a Rachel con cierto recelo–. Flojeaba un poco en los estudios y él le puso un profesor particular. Y luego le pagó también la matrícula en la universidad, hasta que ella decidió que quería trabajar con niños y entonces la envió a una escuela de niñeras.

–¿Por qué lo hizo?

–Porque él es así, señorita –dijo la cocinera, con una voz casi tan fría como la de Rachel–. Considera un deber y un honor responsabilizarse de todas las personas que tiene a su cargo.

–Inmiscuirse en la vida de la gente, querrá decir.

–No creo que encuentre a nadie que comparta esa idea, señorita –replicó la cocinera, ahora con gesto más adusto.

Afortunadamente, el resto del servicio entró en ese momento en la cocina y la señora Jensen se los fue presentando uno a uno.

Aunque Rachel estaba predispuesta contra todo el personal, al cabo de unos días tuvo que ceder ante el peso de los hechos al ver el cariño que todos mostraban hacia el niño, en especial, Roberta. Era un chica muy discreta y servicial que nunca molestaba. Era imposible poder enfadarse con ella. Finalmente, llegó a la conclusión de que era una estupidez sentir animadversión por una chica que era solo unos años más joven que ella y que además tenía una mano maravillosa con los niños.

Sin embargo, su relación con los demás se mantuvo más distante.

Una mañana, bajando las escaleras, sorprendió una conversación entre la señora López y la señora Jensen. Hablaban en voz baja y con cierta cautela.

–El príncipe dijo que era una joven muy agradable que había tenido algunas dificultades últimamente –estaba diciendo la señora Jensen–. Pero, sinceramente, Miriam, aunque me cueste decirlo, esa señorita no me parece nada agradable.

–Bueno –replicó la señora López–. Ella es maravillosa con su bebé. De eso no cabe ninguna duda. Pero resulta imposible conseguir una sonrisa de ella, ¿verdad, Amelia? Diría que parece como si no le gustásemos por alguna razón. Pero ¿cuál podrá ser, si apenas nos conoce?

Rachel se quedó consternada. ¿Habría juzgado mal al personal de Karim?

Poco a poco, su trato con ellos comenzó a cambiar. Se comportaba con más amabilidad y sonreía más a menudo. La relación se hizo mucho más cordial y agradable.

En cuanto a Karim, apenas lo veía. No sabía lo que habría pasado con su abogado o con lo del ADN. Tampoco se lo había preguntado. Tenía miedo de saberlo.

Una mañana, Karim se fue a trabajar muy temprano. Pero no fue en coche. Cuando ella quiso saber, por curiosidad, por qué el jeque no hacía uso del Mercedes y del conductor que tenía a su servicio, Juan, su chófer, le dijo que Su Alteza iba al trabajo habitualmente en metro.

—O andando —añadió Juan—. Su Alteza dice que es la mejor manera de combatir los atascos.

Genial, se dijo ella. El todopoderoso príncipe se mezclaba con los plebeyos.

Por ella, bien podía viajar en el palo de una escoba. Sería lo más indicado, pensó ella.

Volvía casi siempre tarde a casa por la noche. Nunca a tiempo para la cena. Apenas se cruzaban una palabra. Tal vez así fuera mejor...

Una mañana, después de haberse pasado la noche casi en blanco, atendiendo a Ethan, Rachel dejó finalmente al niño dormido en la cuna. Estaba demasiado cansada para conseguir dormirse, así que bajó las escaleras con intención de prepararse un café.

Entró en la cocina en silencio. Era muy temprano. Nadie se había levantado aún. Eso significaba que podía andar por allí tal como estaba: descalza, con el pelo suelto y aquel camisón largo de franela que le llegaba hasta los pies.

Puso la cafetera... Y entonces, las luces de la cocina se encendieron de repente.

Rachel, asustada, se volvió hacia la puerta y vio a Karim. Llevaba un pantalón de deporte gris, una camiseta también gris sin mangas y unas zapatillas deportivas bastante usadas. Estaba todo sudoroso. El pelo le tapaba parte de la cara y se veía que estaba aún afeitar.

Tenía un aspecto increíblemente sexy.

—Perdón...

—Perdón...

Habían comenzado a hablar al mismo tiempo. Lo intentaron de nuevo.

—No pensaba que...

—No tenía idea de que...

Karim sonrió al ver que habían vuelto a hablar de nuevo a la vez. Tomó una toalla y se secó el sudor de la cara y de los brazos.

Rachel se mordió el labio y esbozó una leve sonrisa.

—Tú, primero —dijo él.

—Iba a decir que pensé que no molestaría a nadie si bajaba a...

—Tú no puedes molestar nunca a nadie. Y menos a mí. Venía de correr y pensé que...

—¿De correr?

Rachel estaba cada vez más confusa. No esperaba verlo con aquella ropa tan informal. Pero la verdad era que estaba aún más atractivo que con sus trajes tan elegantes.

—¿De qué te extrañas? —dijo con una pequeña sonrisa mirándola de arriba abajo.

—No, de nada. Solo que no pensaba que...

—¿Qué? —dijo él, volviendo a mirarla detenidamente, ahora con una sonrisa más amplia.

¡Dios! ¡Qué hermosa estaba! ¡Y sin maquillaje! Con el pelo despeinado cayéndole como una cascada de oro por los hombros, y con aquel camisón viejo cubriéndole todo el cuerpo, dejando adivinar apenas sus pechos y sus caderas...

–Bueno... no pensaba que salieras a correr a estas horas.

Él sonrió y se dio una palmadita en el estómago.

–Lo necesito. Si no, a estas alturas, pesaría ya doscientos kilos.

–No lo creo –dijo ella, echándose a reír.

Él pasó a su lado, abrió la puerta del frigorífico y sacó una botella de zumo de naranja.

–La verdad es que me paso mucho tiempo sentado en el despacho y no tengo tiempo apenas de hacer deporte. Cuando estaba en la universidad, jugaba al fútbol, ¿sabes?

–¿Al fútbol? ¿O al rugby?

–Al rugby. Al fútbol americano –dijo él sonriendo–. Veo que sabes que en todo el mundo, salvo en Estados Unidos, llaman rugby a lo que aquí conocemos por fútbol.

Ella asintió con la cabeza.

–Cuando Ethan se ponía a llorar mucho por la noche, yo solía llevarle a dar una vuelta en el coche por ahí. Eso le tranquilizaba. Pero luego, al volver a casa, para que no se despertara al echarle en la cuna, me tumbaba en el sofá con él en brazos y ponía la televisión bajita. A esas horas, las dos o las tres de la madrugada, solían poner resúmenes de los partidos de fútbol...

–¡Gooool! –dijo Karim con fingido entusiasmo.

–Bueno y algunos programas de teletiendas –añadió ella, echándose a reír.

–¿Teletiendas?

–Sí. Ya sabes, esas marcas comerciales que intentan venderte productos de los que nunca has oído hablar, ni los necesitas para nada.

Karim sacó dos vasos de un armario, los llenó de zumo y le dio uno a Rachel.

–Oh, no gracias –dijo ella–. Creo que te estoy molestando. Seguramente pensabas hacer...

–¡Qué tonterías dices! Ya te he dicho que tú no me puedes molestar nunca. Además –dijo él con una expresión pretendidamente seria–, si usted es una de las primeras veinte personas que nos pide este vaso de zumo, le enviaremos a casa, totalmente gratis y sin recargo alguno, esta espléndida taza de café. Solo tendrá que abonar los gastos de gestión y envío.

Ella se echó a reír. Era una imitación perfecta de los anuncios de teletiendas.

–Está bien –dijo ella–. Me has convencido–. Me tomaré contigo una taza de café.

Él hizo el café, mientras ella preparaba las tostadas. Luego se sentaron, uno frente al otro.

Él se echó mermelada de fresa en las tostadas y ella una crema de queso.

–La mermelada es mejor para desayunar –dijo él.

–Demasiado dulce por la mañana –replicó ella.

–A mí me gustan los sabores dulces para empezar el día.

Aunque no lo había dicho con segundas intenciones, ella se ruborizó.

Él se sintió tentado, por un instante, de inclinarse hacia ella y besarla allí mismo.

Pero no lo hizo. Tuvo el presentimiento de que no debía romper la magia de aquel momento de distensión que estaba viviendo con ella. Se aclaró la garganta y se puso a hablar del tiempo tan frío que hacía para la estación del año en que estaban, de lo mal que estaba el tráfico, de los planes de mejora que tenía el ayuntamiento para Central Park...

Luego se produjo un silencio largo y tenso.

«¿Qué haría si me besara?», pensó ella.

«Estoy deseando besarla», pensó él.

Rachel sintió el pulso acelerado. Karim también.

–Bueno... –dijo él.

–Bueno... –dijo ella.

Se levantaron y se fueron en direcciones opuestas.

—Tengo que irme ya —dijo él.

—Yo también —dijo ella, asintiendo con la cabeza.

Karim se dijo que se alegraba de no haberla tocado. Ella se dijo lo mismo.

Pero esos momentos, aparentemente intrascendentes y tranquilos, que habían pasado juntos a esa hora temprana de la mañana, ocuparían sus pensamientos a lo largo de todo el día.

Aquel encuentro matinal no volvió a repetirse.

Rachel puso todo de su parte para que no ocurriera. No volvió a salir de su habitación hasta no estar completamente segura de que Karim se había marchado.

Sí, había descubierto que su raptor tenía también su lado humano.

Los días pasaron sin que él mencionase nada sobre las pruebas del ADN ni sobre los trámites legales con su abogado.

¿Qué debía hacer ella? Era evidente que se había equivocado, pensando que sería capaz de escapar de allí con Ethan. Llegó a la conclusión de que tenía que enfrentarse a él.

Una noche, después de acostar al niño, se dio una ducha, se puso el camisón y se arrellanó cómodamente en el orejero con una libreta y un bolígrafo en la mano.

Se puso a reflexionar unos instantes y luego comenzó a escribir.

¿Solicitar un abogado de oficio o buscar en un bufete privado?

¿Abogado generalista o experto en temas de familia?

¿Cómo saber si un abogado es competente?

¿Se puede pagar a plazos a un abogado?

Rachel bostezó. Estaba exhausta. Se echaría una cabezadita y luego... luego...

Se quedó profundamente dormida. La libreta y el bolígrafo se le cayeron al suelo.

Capítulo 9

HORAS más tarde, Karim llegó a casa. La suite estaba en silencio, las lámparas lucían discretamente, solo lo necesario para ahuyentar la oscuridad.

Rachel estaba como siempre, desde hacía unos días, en su habitación.

No habían vuelto coincidir otra vez desde aquel día. Él había dejado de correr por las mañanas y se iba a trabajar aún más temprano que antes. Era más seguro así.

De lo contrario, pensó él con amargura mientras se aflojaba el nudo de la corbata y subía en silencio las escaleras, de lo contrario...

Rachel podría caer en sus brazos. No, eso de ninguna manera. Eso sería un desastre. Él quería la custodia del niño y acostarse con la madre no le ayudaría en nada a conseguirlo.

Entonces, ¿por qué no había llamado aún a su abogado ni había ido al laboratorio a conseguir las pruebas de ADN? Y, sobre todo, ¿por qué se paseaba todas las noches en silencio por el pasillo y se paraba en la puerta de Rachel, siempre cerrada con llave, y sentía ese deseo irrefrenable de entrar dentro, acercarse a ella, despertarla y estrecharla entre sus brazos?

Maldita sea. Ya se había hecho esa pregunta otras veces y había sopesado las complicaciones que eso podría acarrearle. Incluso había imaginado la posibilidad de que todo lo que ella hacía no fuera más que una argucia deliberada para apartarlo de su plan.

Aunque también podría ser que ella sintiese lo mismo que él y quisiese reprimir sus deseos.

Tal vez esa noche fuera la indicada para encontrar respuesta a todas esas preguntas. Tal vez...

Creyó oír algo. ¿Qué había sido? Un gemido... Era el bebé.

Karim titubeó. Pensó en la última vez que había oído el llanto del niño. Había entrado, había encontrado a Ethan despierto y a Rachel dormida... Se aventuró a abrir la puerta.

Todo estaba igual que la otra vez. La sala estaba oscura. Una luz tenue salía a través de la puerta entreabierta del cuarto del niño. Rachel estaba dormida en el sillón orejero, con el pelo suelto y brillante cayéndole sobre aquel anticuado camisón de color marfil que él no había visto llevar a ninguna de sus amantes.

Sintió deseos de arrodillarse a su lado, tomarla en sus brazos, tumbarse con ella en el suelo y besarla y acariciarla, hasta hacerla gemir de deseo.

¡El bebé! ¡Había que atender al bebé!

Ethan estaba en la cuna, despierto, con los ojos como platos, moviendo las manos y los pies como si fuera un corredor de maratón, y con una sonrisa de oreja a oreja.

–Hola, amigo –le dijo Karim, acercándose al niño.

Sintió entonces que pisaba algo. Era un bolígrafo y un bloc de notas. Lo recogió del suelo y miró la página que Rachel había titulado: *Lista de tareas*.

Él no tenía por qué fisgar en sus cosas personales, pero, al ver que se trataba de Ethan, no pudo evitar leer aquellas notas. Se sintió de pronto culpable. Era ridículo. Él no tenía ninguna razón para sentirse culpable. El bebé era hijo de un príncipe. Se lo debía a la memoria de su hermano, a su padre, y a su pueblo. Tenía que criarlo y educarlo como un príncipe.

Ethan se puso a llorar. Dejó la libreta y el bolígrafo

sobre la mesa, tomó al niño en brazos y salió de la habitación de puntillas.

Estaba a punto de amanecer cuando un ruido despertó a Rachel.

Estiró los brazos y las piernas para desperezarse. Quedarse dormida en aquel sillón orejero se había convertido ya en un hábito. Era muy cómodo. Se sintió muy descansada.

−¿Ethan?

Se acercó a la cuna y vio que estaba vacía.

¿Se habría puesto a llorar sin que ella se hubiese despertado?

No tenía que perder la calma, se dijo ella.

El niño estaría bien. Estaría al cuidado de alguien de la casa. Aunque, cuando ella se enterase de quién había sido la persona que se había atrevido a llevárselo sin avisarla...

Atravesó el pasillo, descalza, bajó las escaleras en silencio, y pasó por varios cuartos oscuros, hasta descubrir una luz que venía del salón.

Allí estaba el niño con su raptor. Los dos profundamente dormidos.

El salón era un fiel reflejo de la opulencia de su propietario. Las paredes blancas. Los muebles igualmente blancos aunque salpicados con pequeños motivos de color negro. Era un ambiente sofisticado propio de un hombre sofisticado.

Había un hombre tumbado en uno de los sofás. Había dejado los zapatos, la chaqueta del traje y la corbata tirados en el suelo. Ethan, con su carita dulce, reposaba sobre el pecho fuerte y musculoso de aquel hombre que nunca hasta ahora se había preocupado por él.

Karim se movió ligeramente y apretó suavemente la espalda del niño contra sí, abarcándola con la palma de la mano. El bebé apoyó la carita sobre su pecho y se acurrucó con gesto de sentirse a gusto. Rachel sintió una extraña emoción al contemplar al escena.

Pero no iba dejar que eso la afectara. Ella conocía muy bien a los hombres, sabía cómo eran.

Sabía que aquel hombre que tenía a Ethan en brazos podía ser tierno y al minuto siguiente despiadado. Y no solo con el niño, sino también con ella.

Debió de hacer algún ruido sin querer, porque Karim abrió los ojos y se incorporó del sofá.

La miró extrañado con los ojos aún somnolientos.

—Ethan estaba llorando —dijo él como disculpándose, con una voz algo ronca—. Tú estabas dormida y no quise despertarte. Por eso le traje aquí abajo conmigo.

¿Por qué ella le estaba mirando como si no le hubiera visto nunca antes?

Él también la miró fijamente. Estaba bellísima: su boca suave de color rosa, su pelo rubio alborotado... Y todo lo demás. Sus pechos firmes y turgentes, sus piernas largas y esbeltas...

Un suspiró del niño le devolvió la cordura.

—Le llevaré arriba —dijo él titubeando.

—Gracias, por cuidar de él. Déjame, yo le subiré.

—Sería un pena despertarlo. Yo le llevaré a su cuarto.

Ella asintió con la cabeza. Subieron la escalera y entraron en el cuarto del niño.

Karim dejó a Ethan en la cuna, lo tapó cuidadosamente con una manta y le acarició el pelo igual que había hecho la primera vez.

—Que duermas bien —le susurró al oído.

Rachel sintió una opresión en el pecho. Sabía que el bebé era del hermano de Karim y de su hermana Suki. Pero ¿y si el destino hubiera escrito la historia de una forma diferente?, ¿y si Ethan no fuera realmente de Rami y de Suki, sino de ella y de...?

Se dio la vuelta, atravesó la sala de estar y salió al pasillo.

–¿Rachel? –dijo Karim, yendo tras ella–. ¿Qué te pasa? Estás temblando.

«Apártate de él. No seas tonta. No te dejes...», le dijo una voz interior.

Karim le puso una mano en el hombro. Ella se estremeció al sentir el calor y la dureza de su cuerpo detrás de ella.

Él repitió su nombre de nuevo, con voz apagada y ronca, y ella se volvió y le miró a los ojos.

Y lo que creyó ver en ellos fue que esa noche, al menos, cualquier cosa podía ser posible.

–Karim –susurró ella, echándose en sus brazos.

Él se dijo que había muchas razones para alejarse de ella. Para dar un paso atrás, ahora que aún podía. Siempre había hecho lo correcto, lo razonable, lo que era su deber...

Pero la estrechó contra su cuerpo, con un gemido de placer.

Eso, y solo eso, era lo correcto. Rachel era suya. La miró a la cara y vio que estaba sintiendo las mismas emociones que él: una mezcla de dudas y deseo. Ambos comprendían que lo que estaban haciendo era peligroso. Podía llevarles a un estado emocional sin retorno posible.

–No podemos –dijo ella en un hilo de voz.

Él sabía que tenía razón. No podían. No debían.

Ella gimió. Se puso de puntillas y se apretó contra él.

Karim se inclinó hacia ella y la besó en la boca. Sabía a noche, a miel y a sí misma. Sabía a nata y a vainilla. Se estremeció y la besó con mayor pasión e intensidad.

–Eres tan hermosa... –le dijo él al oído, mientras ella le rodeaba el cuello con los brazos.

Entonces comprendió que estaban perdidos.

Karim deslizó las manos por su espalda y por sus glúteos, y los apretó ardiente de deseo.

Podía ahora sentirla toda ella contra su cuerpo. Sus pechos, su vientre, sus caderas...

Él llevaba desabrochada la mitad de los botones de la camisa. Ella deslizó las manos por dentro y le acarició los hombros y el pecho, duro como una roca. Él se estremeció al sentir el suave contacto de sus manos y la apretó aún más contra su cuerpo. Pero no tenía suficiente. Deseaba más. Deseaba tenerla desnuda. Estar dentro de ella. Pero antes quería saborear cada centímetro de su piel. Pasó los labios y la lengua suavemente por el hombro, el cuello...

Ella se puso a jadear y él sintió como si un río de fuego corriera por sus venas.

–¿Te gusta esto? –le susurró él al oído–. Dime, *habiba*... Dime lo que te gusta...

Ella le acarició las mejillas con las dos manos y lo besó.

–Esto. Tú. Pero no podemos. No podemos...

Él la besó ardiendo de deseo. Ella sintió que empezaban a flaquearle las piernas. Karim la tomó entonces en brazos y la llevó a su dormitorio.

La luz de la luna se filtraba por las ventanas, derramando por la estancia iridiscencias de plata y marfil. La dejó de pie al borde de la cama y clavó los ojos en ella.

–Dime ahora que pare y lo haré. Pero, dímelo ahora, antes de que sea demasiado tarde, ¿comprendes, Rachel? Una vez que empiece, ya no podré volverme atrás.

La sala se llenó de un silencio, roto solo por el murmullo de su aliento.

Luego, lentamente, ella se llevó las manos al botón superior del camisón.

–Déjame que yo te desnude –dijo él agarrándole las manos entre las suyas.

Ella dejó caer dócilmente las manos. Karim tocó el camisón y le pareció que tenía miles de diminutos botones, pensados para unos dedos menos grandes y torpes que los suyos. Pero, a pesar de eso, quería ser él quien le quitase el camisón y la viese desnuda delante de sus ojos.

Un botón cedió. Luego otro... y otro... Finalmente, pudo ver la curva de sus pechos.

–Karim... –susurró ella.

Él apartó la mirada de sus pechos y la miró a la cara. Vio sus labios entreabiertos y un arrebato de deseo en las mejillas. Se inclinó hacia delante y la besó en la boca.

Luego le desabrochó el botón siguiente. Y después el otro...

Y así fue, con paciencia y tesón, desabrochándoselos uno a uno, hasta que no quedó ninguno.

Entonces el camisón se abrió por el medio y la vio.

Entera. Desnuda. Increíblemente hermosa.

Sus pechos eran pequeños y redondos, y supo al instante que estaban hechos a la medida de sus manos. Sus pezones eran dos elegantes capullos del color de las rosas que florecían a principios de primavera en los valles de las Montañas Vírgenes de su país. Y sus caderas, el marco exuberante y perfecto para los rizos rubios y sedosos que crecían entre sus muslos.

¡Dios! ¡Tenía que tocarla!

Ahuecó las manos y cubrió sus pechos con ellas. Frotó sus pezones, ya erectos y duros, con las yemas de los dedos. Luego bajó la boca hasta el corazón mismo de su feminidad y la hizo sentir el calor de sus labios y de su lengua entre los muslos.

Miró hacia arriba y observó su rostro. La besó entonces en la boca mientras seguía acariciándole los pezones con los dedos. Luego la besó en el cuello, en los pechos...

Ella pronunció su nombre entre gemidos. Se estremeció, echó la cabeza atrás y lanzó un grito de placer. Él aprovechó para echarse en la cama con ella.

«Ve despacio, muy despacio», se dijo a sí mismo.

Estaban los dos cuerpos tan juntos y apretados que casi parecían uno solo.

La erección de él era tan grande que podía hasta resultar dolorosa.

–Rachel... –dijo él, vacilante, mientras ella le ponía los brazos alrededor del cuello.

Deslizó una mano entre sus muslos y notó que estaba húmeda, caliente y preparada. Se quitó la ropa en dos segundos y abrió el cajón de la mesita de noche. Sacó un preservativo y segundos después... estaba dentro de ella.

Notó en seguida que era muy estrecha. Tan estrecha que temió hacerle daño. Estaba muy excitado, pero se quedó inmóvil, con el cuerpo temblando por el esfuerzo de contención, para que ella se acomodara mejor a él. Ella enredó las piernas alrededor de su cintura y se apretó contra él para sentirle más profundamente dentro de sí. Y empezó a moverse y a moverse, mientras gemía y lloraba de placer y repetía su nombre una y otra vez.

Él podía sentir el temblor de su cuerpo mientras empujaba cada vez con más fuerza y, con mayor profundidad y rapidez.

Ella susurró su nombre una vez más y alcanzó el éxtasis entre gemidos y convulsiones.

Karim la acompañó segundos después, liberando todo la angustia de las últimas semanas y volando con ella por el cielo de la noche bañado por la luz de la luna.

Cayó exhausto sobre ella, con el cuerpo empapado de sudor.

Hundió la cara en su hombro, recreándose con el aroma de su pelo que tanto le gustaba. Sus corazones latían con fuerza. Cada uno podía oír los latidos del otro. Sabía que era demasiado pesado para ella, pero no quería apartarse aún para no romper la magia de aquel momento.

Ella dio un pequeño suspiro. Él suspiró también, y dejó rodar el cuerpo hacia un lado mientras seguía agarrándola entre sus brazos.

–¿Estás bien? –preguntó él, en voz baja.

–Sí, estoy bien –respondió ella, asintiendo a la vez con la cabeza.

–¿Solo bien o muy bien? –dijo él con una sonrisa, besándola suavemente.

Ella le devolvió el beso durante dos segundos, pero luego se apartó.

–Tengo que levantarme.

–Espera. Quédate un poco más conmigo –dijo él, con una voz sensual, acariciándole el pelo y echándole un mechón de la cara por detrás de la oreja.

–No. En serio. Tengo que levantarme.

Bueno, querría ir al baño, se dijo él. No había de qué extrañarse. Pero parecía tensa.

–¿Rachel? –ella no respondió y él volvió a insistir–. Rachel. Cariño.

–Déjame levantarme.

Ella temió que él la sujetara y no la dejara bajarse de la cama, pero él la miró extrañado durante unos segundos y luego la soltó. Ella se sentó de espaldas a él y se puso el camisón en esa postura. Luego se puso de pie, dándole la espalda en todo momento.

–¿Adónde vas? –preguntó él, ahora con voz más grave.

–Al cuarto de baño.

–Está detrás de ti.

–No. Voy al de mi habitación.

–¿Qué te pasa, Rachel? ¿Te arrepientes de algo?

Rachel se apartó de él y se dirigió a la puerta. Él se puso corriendo los pantalones que había dejado en el suelo y le cortó el paso. Se cruzó de brazos y la miró fijamente.

–Por favor. Déjame que me vaya –dijo ella.

–No hasta que me digas lo que te pasa.

–Ya te lo he dicho. Tengo que ir a...

–Estás huyendo de mí. ¿Por qué? Hace un minuto estabas en mis brazos y ahora...

–Ahora ya tienes lo que querías.

Ella lanzó un grito cuando él le puso las manos en los hombros.

–¡Maldita sea! Hicimos el amor. No creo que eso sea nada malo.

–Nos acostamos juntos –dijo ella–. No trates de hacerlo ver como algo bonito y poético.

–Solo falta ahora que me digas que te forcé a hacerlo.

–No, eso no –dijo ella muy seria–. Pero ha habido demasiadas mentiras entre nosotros.

–¿Como por ejemplo?

Ella se quedó callada. Sí, había una mentira entre ellos, una mentira muy gorda que ella no podía confesar. Si él supiera la verdad, tendría todo lo que necesitaba para quitarle a Ethan.

–Estoy esperando –dijo él con frialdad–. ¿De qué mentiras estamos hablando?

Ella alzó la vista y se humedeció los labios con la punta de la lengua.

–Es algo que no tiene que ver nada con esto. Hicimos... lo que hicimos y ahora...

–Y ahora quieres olvidar todo lo que sucedió, ¿no es eso?

Ella habría querido decir que sí, pero hubiera sido otra mentira aún mayor. Sabía que nunca podría olvidar aquel momento que había pasado con él. Nunca.

–Solo quiero irme... Esto ha estado muy bien, pero...

Karim le puso las manos en las mejillas y la besó.

Ella trató de resistirse, pero solo un segundo. Luego le pasó los brazos alrededor de su cuello y se rindió a él.

Cuando, finalmente, él apartó su boca de la suya, ella estaba temblando.

–No podemos –susurró ella, terminando la frase anterior.

–¿Cómo que no? Ya lo hicimos, cariño. Y no lo cambiaría por todo el oro del mundo. Y creo que tú tampoco. Dime que no es cierto y te dejaré marchar.

Ahora tenía su oportunidad. Él era un hombre de honor. Si le decía que lo que acababa de haber entre ellos no había significado nada para ella, sabía que la dejaría marchar.

Pero no podía decir eso. No podía engañarle. No podía convertir algo que había sido tan hermoso en una mentira repugnante.

–Karim.

–Me gusta la forma en que dices mi nombre.

–Tú no sabes nada sobre mí.

–Algo sí sé –dijo él con una sonrisa–. Sé que no tienes un gran concepto de mí. Me dices que soy un... ¿cómo me llamas...? Sí, un arrogante. Ah, y también un déspota –añadió él, sin perder la sonrisa–. Eso es algo tremendo para el ego de un hombre como yo, ¿sabes?

–Apenas nos conocemos. Sé que no me vas a creer, pero yo no soy...

–¿Qué?

–La mujer que tú crees. Yo no me voy a la cama con un desconocido.

–¿Soy yo acaso un desconocido?

–No. No era eso lo que quería decir. Estoy hablando en serio.

–Yo también –dijo él besándola de nuevo con tanta ternura como ella nunca se hubiera imaginado–. ¿Crees que lo que hemos hecho está mal, porque supone una ofensa a la memoria de Rami? Porque tú... te acostabas con él.

–Karim, por favor. No quiero...

–Yo tampoco quiero hablar de Rami en este momento. Maldita sea.

–Tú crees que significaba algo para mí, pero...

–No. Dijiste que le odiabas, ¿recuerdas? –dijo él mirándola con los ojos entornados–. Pero no podemos olvidar que él y tú... os acostabais juntos y tuvisteis un hijo –ella dejó escapar un sollozo y se dio la vuelta, pero Karim la agarró por los hombros y la hizo mirarle de nuevo a los ojos–. No necesito saber los motivos que tuviste para hacerlo. Lo que sucedió pertenece ya al pasado. El presente y el futuro es lo que de verdad importa. Si una cosa sé con certeza, es que tú te acostarías con Rami, pero con quien has hecho el amor de verdad ha sido conmigo.

Rachel rompió a llorar. Karim soltó una de sus maldiciones y la estrechó entre sus brazos. Ella dejó reposar la cabeza sobre su pecho desnudo, bañándolo con sus cálidas lágrimas.

–No puede ser, Karim. Hay cosas de mí que desconoces...

–Sé todo lo que necesito saber de ti. Eres una mujer valiente y fuerte. Y sabes enfrentarte a la vida con dignidad y coraje. Reconozco que me porté como un canalla cuando te dije que quería llevarme a tu hijo.

Rachel sintió agudizarse el sentimiento de culpabilidad que anidaba en su corazón.

«¡Ahora!», le dijo una voz interior. «¡Díselo de una vez! ¡Tienes que decírselo, ahora!».

–Karim... Karim... Sobre el bebé, tengo que decirte que...

–No necesitas decirme nada, *habiba*. Eres una buena madre. Una madre maravillosa. Encontraremos la forma de arreglar esto –dijo él suavemente, pasándole la yema del pulgar por los labios–. Eres la mujer más maravillosa del mundo. No solo físicamente, sino también por dentro, que es lo que cuenta. Sé todo lo que necesito saber de ti –dijo él muy sonriente, y luego añadió arqueando una ceja–: Salvo lo que te apetecería comer ahora a medianoche.

Rachel le miró a los ojos y comprendió que le había juzgado mal desde el primer momento. Él no se parecía en nada a su hermano. Era el hombre más maravilloso que había conocido.

–Veo que Su Alteza está tratando de cambiar de tema.

–Ajá, veo que vamos progresando –dijo él con un asomo de sonrisa en los ojos–. Es la primera vez que pronuncias esas palabras sin insultarme.

–No tengo razón para hacerlo. Eres bueno, íntegro y sincero.

–Vaya, no está nada mal para ser un hombre tan arrogante, egoísta y déspota como yo.

Rachel le puso una mano en la mejilla. Raspaba un poco a esa hora de la noche, pero resultaba increíblemente sexy.

–Tal vez me equivoqué en eso.

–No, *habiba*. Yo soy todas esas cosas, pero no cuando estoy contigo –dijo él, besándole la palma de la mano, y luego añadió mordiéndose ligeramente el dedo pulgar–: Estoy pensando una cosa... ¿Tienes tanta hambre como yo, cariño?

–Sí –susurró ella, mirándole a los ojos–. Tengo hambre de ti.

Karim lanzó un gemido de deseo, la estrechó entre sus brazos y la besó con pasión.

El mundo, y la red de mentiras que ella había creado, parecieron desvanecerse.

Capítulo 10

AHORA podían hacer el amor tranquilamente. Tenían tiempo para aprender el uno del otro sus secretos más íntimos y explorar sus cuerpos con manos suaves y besos profundos, hablando el lenguaje de los enamorados con susurros y suspiros ahogados.

–Me encanta tu sabor –dijo Karim dándose la vuelta en la cama para quedarse boca arriba.

La piel de ella parecía de seda entre sus labios, y sus pezones, yemas de miel. Su perfume era embriagador, puro y femenino. Todo en ella avivaba su deseo: sus gemidos cuando la acariciaba, la carnosidad de sus labios, la languidez de su mirada cuando la penetraba.

Él siempre había tratado de no entregarse por completo con una mujer, a fin de tener el control de la situación hasta el último momento. Pero con Rachel no podía hacerlo. Ella era diferente. No podría decir dónde comenzaba su placer y dónde terminaba el suyo.

Y cuando ella dejó a un lado su pudor y comenzó a acariciarle todo el cuerpo con la punta de la lengua, creyó volverse loco. Sintió deseos de volver a ponerse encima de ella y penetrarla hasta que la tierra comenzase a temblar bajo sus cuerpos. Pero desistió de hacerlo y se quedó quieto al sentir su mano deslizándose por debajo de su vientre.

Karim susurró su nombre y le miró a los ojos. Los de ella eran dos pozos de ardiente oscuridad, en los que uno podría ahogarse y morir feliz, pensó él.

–Tócame –le dijo él, con voz ronca.

Rachel nunca había tocado a un hombre tan íntimamente, ni se había atrevido siquiera a mirar su miembro en plena erección. Pero ahora deseaba hacer ambas cosas.

Comenzó por lo que supuso le sería más fácil. Contuvo el aliento al ver esa parte del cuerpo de su amante que a ella le daba tanto placer. Y vio que no era nada repugnante como había pensado, sino hermoso. Un símbolo no solo de su virilidad, sino también de su deseo por ella.

–Rachel... –susurró él con la voz apagada y el cuerpo tenso y expectante de deseo.

Él le tomó la mano por la muñeca y esperó paciente y sudoroso, con la respiración entrecortada, hasta sentir sus dedos rozando su miembro duro y tenso.

Soltó un gemido de placer. Pero ella, asustada, apartó la mano instintivamente.

–No quería hacerte daño...

¿Qué podía hacer un hombre en una situación así? ¿Echarse a reír o a llorar?

–No me vas a hacer ningún daño, *habiba* –dijo él con una sonrisa–. Es posible que me mates, pero no me harás daño.

Rachel se pasó la punta de la lengua por el labio inferior. Karim gimió de deseo al verlo.

Luego ella abrazó finalmente con la mano aquel miembro, anhelante de sus caricias.

–Sí –susurró él–. Sí, cariño. Así. Muy bien. Acaríciame..., tócame así. Así...

Puso la mano sobre la de ella, guiándola, enseñándole la forma de moverla, hasta que ella comprendió que aquellos gemidos suyos no eran de dolor, sino de placer.

Su mano se deslizó como un guante de seda repetidas veces arriba y abajo, hasta que él le agarró de nuevo de la muñeca.

–Espera un momento, cariño –dijo él en un hilo de voz–. Ahora me toca a mí.

La puso de espaldas y se arrodilló entre sus muslos. La besó en la boca, en el cuello y en los pechos. Los gemidos fueron ahora de ella, que comenzó a retorcerse bajo sus caricias.

–Me encanta mirarte –dijo él suavemente–, ver el arrebato de tus mejillas, la forma en que entornas los ojos, tu reacción cuando te toco, cuando te beso, cuando te hago esto...

Deslizó la mano por su vientre, y tras acariciar los sedosos rizos del pubis, llegó hasta el centro mismo de su esencia de mujer. Ella soltó un pequeño grito cuando él la abrió con los dedos y luego, escondiendo la cabeza entre sus muslos, le acarició y lamió su punto más erógeno con la lengua y los labios. Ella se vio inmersa en una oleada vertiginosa de placer y alcanzó poco después el clímax.

Pero quedaba aún más. Eso solo era el principio.

Aunque antes había que tener en cuenta un pequeño detalle: el preservativo.

Acercó luego su pene erecto a los rosados y tiernos pliegues carnosos de su sexo.

–Mírame –dijo él con voz ronca y áspera–. Mira cómo entro dentro de ti, *habiba*.

Ella, presa de excitación por esas palabras, alzó la cabeza para mirar el lugar por donde sus cuerpos se iban a fundir de la forma más íntima posible y soltó un grito ante la dulce tortura de verle penetrándola loco de deseo.

El comenzó a danzar sobre su cuerpo con unos empujes cada vez más vigorosos y profundos, mientras ella sollozaba de gozo y satisfacción, apretando las manos alrededor de sus bíceps y envolviéndole las caderas con sus piernas.

El cuerpo sudoroso de Karim brillaba como un coloso a la luz de la luna que se colaba por la ventana, mientras su corazón latía como el de un caballo desbocado. Apretó los dientes y aceleró el ritmo hasta que ella creyó perder el sentido y alcanzó de nuevo el éxtasis final.

—Por favor, Karim —dijo ella con la respiración entrecortada—. Por favor, por favor...

Excitado por la sensualidad de su voz, y de ver que ella había alcanzado ya la cima del placer, se entregó sin reservas a su frenética danza, hasta llegar, entre voluptuosas convulsiones, a la misma cima que ella y caer segundos después extenuado en sus brazos.

Estuvieron así unos minutos. En silencio. Sin moverse. Luego Karim levantó la cabeza, la besó dulcemente y se dejó caer a un lado, pero sin dejar de abrazarla.

Ella le devolvió el beso con la misma ternura y luego sonrió.

Era el tipo de sonrisa que cualquier hombre desearía ver en la mujer con la que acababa de hacer el amor. Él le devolvió la sonrisa.

—¿Debo interpretar esa sonrisa como una señal de satisfacción? —preguntó él.

—Sí, una satisfacción triple —dijo ella en voz baja, y añadió con una sonrisa—: Espero que esto no sirva para que te vuelvas más pretencioso y arrogante.

—En absoluto —replicó él—. No ha sido mérito mío, *habiba*, sino tuyo.

Rachel cerró los ojos y apoyó la cabeza en su hombro y la mano en su corazón.

—¿Qué significa «*habiba*»? —preguntó ella.

—Significa «amor mío» —respondió él, besándole el pelo.

—Es una palabra árabe, ¿verdad?

—Sí —contestó él, asintiendo a la vez con la cabeza—. El árabe fue mi primera lengua.

Ella alzó la cabeza y apoyó la barbilla en la mano para poder mirarle a los ojos.

–¿Tu primera lengua? ¿Quieres decir, antes que el inglés?

–No, antes que el francés. Luego aprendí inglés. Y después, español y alemán. Y...

–¿Hablas cinco lenguas?

–En realidad, seis. Bueno, casi. Aún tengo algunos problemas con el japonés.

Ella se echó a reír.

–Yo aún tengo problemas con el español –dijo ella–. Algo muy triste, teniendo en cuenta que estuve estudiándolo un año en el instituto. Aunque de eso hace ya mucho tiempo, claro.

–Hace mucho tiempo, claro –dijo Karim tratando de contener la risa–. ¿De cuántos años estamos hablando? ¿De veinte? ¿De veinticinco?

Rachel, viendo que se estaba burlando de ella, le dio un pequeño manotazo en el pecho.

–Estaba en el instituto hace solo siete años, sir jeque –dijo ella con fingida indignación.

–¿Sir jeque? ¡Es la primera vez que me llaman así! –exclamó él muy sonriente, apartándole un mechón de pelo de la cara–. Apuesto a que eras una de las primeras de la clase.

–Te equivocas –respondió ella, bajando la mirada.

–Estabas demasiado ocupada siendo la reina del baile para estudiar, ¿verdad?

Ella lo miró fijamente durante unos segundos que parecieron eternos. Luego se apartó de él, se sentó, tomó el edredón y se envolvió en él como si fuera una capa.

–Rachel, cariño –dijo él agarrándola de la mano antes de que se levantara–. ¿Qué te he dicho?

–Nada.

–No me hagas esto. Si he dicho algo que te haya ofendido, dímelo.

–¿Recuerdas lo que te dije? Hay muchas cosas que no sabes de mí. Esta es una de ellas. No conseguí terminar mis estudios en el instituto. Obtuve una diplomatura equivalente hace un par de años asistiendo a las clases nocturnas de la universidad. Así es como pude aprender lo que sé de español. No, yo no sé seis idiomas, ni tengo un título universitario, ni... –Karim la hizo darse la vuelta y selló sus labios y su dolor con un beso–. No pude seguir estudiando en el instituto –prosiguió diciendo Rachel cuando él apartó sus labios de ella–. Tuve que ponerme a trabajar para que mi hermana y yo pudiéramos vivir.

–¿Y tus padres?

–Mi padre murió cuando Suki y yo éramos muy pequeñas. Y mi madre... Mi madre solo pensaba en divertirse. Se fue un día y nunca más volvimos a verla.

–¿Lo ves? –dijo él, tratando de ocultar la rabia que sentía por aquella mujer que nunca había visto–. Tenemos algo en común. También mi madre nos dejó a Rami y a mí.

–Resulta difícil creer que una madre pueda...

Karim soltó una maldición en su idioma natal, la puso sobre su regazo y la besó.

–*Habiba. Habiba. Ana behibek...*

–¿Qué significa eso?

–Significa... significa que eres una mujer muy valiente, cariño. Significa que me encanta tenerte en mis brazos.

–No soy tan valiente como crees –dijo ella con voz temblorosa.

Karim la miró con unos llenos de ternura y se tumbó en la cama con ella entre sus brazos. Quería demostrarle la verdad de lo que le acababa de decir haciéndole el amor de nuevo.

Porque lo que realmente le había dicho con aquellas palabras en árabe era que la amaba.

Durmieron abrazados el uno al otro toda la noche.

La luz del sol los despertó poco después de amanecer.

–Buenos días –dijo él, mirándola a los ojos.

–Buenos días –respondió ella con una sonrisa.

–¿Has dormido bien?

–Maravillosamente. De hecho... –se apoyó en un codo y miró el reloj de la mesilla de noche–. ¡Oh! Son ya más de las siete. ¡Ethan...!

–Ethan está bien. Fui a verle hace un rato. Está abajo desayunando con Roberta. Le está dando un revuelto extraño a base de unos comistrajos de color amarillo mezclados con otros comistrajos de color blanco.

Rachel se echó a reír ante su forma de describir el puré de melocotón con cereales de arroz.

–Le encantan esos comistrajos –dijo ella sin dejar de reírse.

–Bueno, es un bebé. Roberta dice que le va a llevar al parque cuando termine de desayunar.

–Entonces será mejor que me dé prisa, me duche y...

–Espera. Yo soy un hombre del desierto, *habiba*.

–¿Y...?

–Tengo una sensibilidad especial para algunas cosas que tú tal vez no tengas.

–¿Como por ejemplo? –dijo ella sorprendida.

–El agua es un bien preciado. No debemos malgastarla –dijo él con un atisbo de sonrisa en la mirada–. Creo que debemos contribuir a la sostenibilidad del planeta haciendo el sacrificio de ducharnos juntos.

–Estaría encantada de sacrificarme contigo –dijo ella sonriendo–. Pero si Roberta va a llevar a Ethan a Central Park...

–Estará bien atendido. No te preocupes. Roberta

adora al niño. Y tiene un currículum impresionante. Se formó en la mejor escuela del estado.

–Sí. Sé que tú le pusiste un profesor particular, le pagaste la universidad y después la escuela de niñeras –afirmó ella, besándole en la barbilla–. Eres un hombre maravilloso.

–Lo que soy es un hombre muerto de hambre.

–Tendré que bajar entonces a preparar algo para desayunar.

–¿Te atreverás a echar a la señora Jensen de la cocina?

–¡Oh! No pensé...

–No te preocupes. La mandaré a comprar al mercado.

–Veo que Su Alteza es un hombre de recursos.

–Solo cuestión de práctica. Cuando un hombre está destinado a ser rey, debe saber cómo preservar la paz entre su pueblo.

Sí, él era un príncipe, se dijo él. Y sus principios eran el deber, el honor y la responsabilidad. Esas cosas que le habían llevado a que Rachel entrara en su vida.

Solo había un problema. Nunca había imaginado que se enamoraría de ella.

¿Cómo podía haber pasado? Ella había sido de Rami.

No. Nadie era propiedad de nadie, como ella había dicho.

Y, además, el pasado no importaba, como había dicho él.

Lo único que importaba era que la amaba. Ella era buena, honesta y responsable. Nunca había soñado poder encontrar una mujer que llenase así su vida.

Sintió de pronto un nudo en la garganta al vislumbrar un camino delante de él que le permitiría cumplir sus obligaciones, mantener su honor y asumir sus responsabilidades para con su padre, su país, su hermano muerto y el hijo de su hermano.

Solo tenía que dar un paso adelante para que todas esas cosas se hicieran realidad. Además, cumpliría así la promesa que le había hecho a Rachel de que encontraría una forma de que ella pudiese seguir teniendo a Ethan...

Pero si era sincero consigo mismo, tenía que admitir que todas las otras cosas, siendo muy importantes, eran subsidiarias. El deber era importante, pero lo era mucho más el amor.

—¿Karim? ¿Qué pasa?

Él parpadeó, confuso, un instante, y luego miró a la mujer que amaba. Parecía preocupada por él. ¿No era asombroso? Nunca había pensado que una mujer pudiera estar alguna vez preocupado por él. Como hombre, no como príncipe.

—Nada, cariño —respondió él con un grito de alegría, levantándola en vilo por los aires y poniéndose a dar vueltas con ella por el dormitorio, como si estuvieran bailando al son de una música que solo él oía—. ¿Recuerdas cuando te prometí que encontraría una solución a nuestro problema? —preguntó él, parando su danza desenfrenada y estrechándola entre sus brazos.

¡Nuestro problema! Ella había querido olvidarlo por unas horas para gozar de aquel momento de felicidad, pero había vuelto a materializarse de nuevo.

—Sí —replicó ella suavemente—. Lo recuerdo. ¿Quieres quedarte con Ethan?

—Al principio era eso lo que quería. Pero ahora me he dado cuenta de que la respuesta a nuestro problema es ver que no hay ningún problema en absoluto.

—No te entiendo. A mí también me gustaría que no lo hubiera, pero lo hay.

—Te amo, *habiba*.

Eran las palabras más bellas que jamás había oído. Las lágrimas afluyeron a sus ojos.

—Rachel. He vivido solo toda mi vida. No quiero parecer una de esas personas que van a los *reality shows* de la televisión a desnudar su alma y hacer públicos sus sentimientos –afirmó él sonriendo–. Pero ha habido veces en que me he llegado a preguntar si tendría emociones.

–Tú eres un hombre maravilloso. Y con un corazón tan grande como este país.

–Te amo, *habiba*. Esto es algo que nunca le he dicho a nadie –dijo él, besándola dulcemente en los labios–. Desde que era pequeño, nunca he confiado en nadie. Hasta que te conocí a ti.

Rachel era un mar de lágrimas. Era el momento. Tenía que contárselo. Tenía que decirle la verdad. Costase lo que costase.

–Rachel –dijo Karim mirándola fijamente a los ojos–. Cásate conmigo. Quiero que seas mi esposa, la madre de los hijos que tendremos juntos, igual que lo eres ya de Ethan, al que yo he llegado a querer como si fuera mi propio hijo y al que pienso adoptar y darle mi nombre.

Rachel parecía no podía dar crédito a lo que estaba oyendo.

–¿Rachel? Cariño, te adoro. Pensé que... tú sentías lo mismo que yo.

Ella le echó los brazos alrededor del cuello. Se puso de puntillas y le besó con todo el amor que había guardado todos aquellos años en su corazón solitario.

–Te amo –susurró ella, entre beso y beso–. Te amo, te amo, te amo...

–Cásate conmigo.

«No, no lo hagas», le dijo una voz interior, dentro de ella. «No debes hacerlo...».

–¿Rachel?

–Sí, sí, sí –respondió ella, haciendo oídos sordos a aquellos consejos.

Capítulo 11

QUIÉN hubiera pensado que una ciudad como Manhattan, siempre tan concurrida y con tanto tráfico, pudiera ser un paraíso para los amantes?

Desde luego, Karim no. Él conocía muy bien la ciudad, igual que conocía Londres, París o Estambul: sus hoteles, sus restaurantes, sus centros de negocios.

Aunque nunca había sido muy dado a ver el lado romántico de las cosas, podría decir que encontraba algún tipo de romanticismo en esas otras ciudades, pero no en Manhattan.

París tenía una belleza y un encanto singulares. Estambul, un misterio fruto de su mezcla de culturas. Y Londres, calles cargadas de historia.

¿Pero Nueva York? Frenética, agitada, saturada de gente, bulliciosa, agobiante...

Y, sin embargo, espléndida y magnífica. No había otras palabras para describirla.

¿Pero romántica? No. Aunque, después de todo, ¿qué sabía él del romanticismo? ¿Qué lugar había ocupado en su vida? Ninguno. Hasta hacía diez días.

Rachel había cambiado su vida. Él llevaba diez años viviendo en Nueva York y, sin embargo, se daba cuenta ahora de que no lo conocía realmente.

Ya no veía Central Park como un lugar para ir a correr por las mañanas, sino como un gran espacio verde, tan hermoso como los bosques y praderas que crecían en las laderas de las montañas vecinas al desierto de su país.

Las calles adoquinadas del SoHo y Greenwich Village ya no eran lugares intransitables, llenos de coches, sino barrios por los que se podía disfrutar dando un agradable paseo como por Montmartre.

Agarrados de la mano, exploraron juntos la ciudad. Descubrieron sus cafeterías, sus bellos parques e infinidad de lugares por los que un hombre y una mujer podrían estar solos y en intimidad, a pesar de la multitud que hubiera alrededor.

Consiguió convencer a Rachel para que fueran a ver varias tiendas muy elegantes y se comprara algunos vestidos para el verano, algo de lencería y algunos pares de zapatos.

¿Con tacones? Bueno, pero no muy altos, dijo ella con cierto temor en la mirada.

Fue entonces cuando comprendió que ella no había sido nunca una bailarina, sino una simple camarera. Y que le había repugnado ir con zapatos de aguja, lentejuelas y tanga. Y aquella expresión suya le caló tan dentro del alma que allí mismo, en la intersección de Spring con Mercer, entre la multitud de gente que pasaba, la estrechó entre sus brazos y la besó.

La ciudad de la Gran Manzana era un continuo pozo de sorpresas para ellos.

Incluso los restaurantes, como Daniel, Four Seasons o La Grenouille, a los que llevaba habitualmente a los clientes en sus comidas de negocios, le parecían ahora distintos y más atractivos, llevando al lado a la mujer que amaba.

La mujer que amaba, se repitió para sí, mientras se sentaban en una mesa para dos en el River Café, desde podían ver, a través de los grandes ventanales, las luces de Manhattan reflejándose en las aguas oscuras y profundas del East River.

Sonrió satisfecho. Estaba feliz. Amaba a Rachel. Y ella lo amaba a él.

Aún le costaba hacerse a la idea. La vería a su lado, entre sus brazos, cuando se despertase por la mañana y la tendría también en la cama cuando se fuese a dormir cada noche.

Solo había ido a su despacho en dos ocasiones durante los últimos días. Era algo que le parecía insólito. Y no solo a él, sino también a su equipo de colaboradores.

La primera vez había ido a trabajar con muy buenas intenciones, pero se había marchado antes incluso de que su secretaria se hubiera dado cuenta de su presencia. Ni siquiera se había molestado en llamar a John para que fuera a recogerle con el coche. A la vista del tráfico que había a esas horas, había decidido ir andando a casa, convencido de que así llegaría antes.

Pero ¿qué mosca le había picado para tomar la decisión de ir andando por Madison Avenue con su elegante traje de Brioni y sus mocasines de Gucci, y subir luego corriendo a su suite?

Rachel, cómo no.

–¿Rachel? –había gritado nada más entrar.

Ella, algo asustada, le había preguntado si le pasaba algo. Él se había limitado a decirle que la había echado de menos, pues llevaba ya más dos horas sin verla. La había estrechado entre sus brazos, la había besado con pasión y se la había llevado derecho a la cama.

La segunda vez que había ido a su despacho, sí se había quedado el tiempo suficiente para despachar algunos asuntos, dar instrucciones a sus colaboradores y decirle a su secretaria que cancelase sus citas y le dijese a cualquiera que preguntase por él que no estaba disponible.

Su secretaria le había mirado con cara de asombro pensando si no habría perdido el juicio.

No, no estaba disponible para nadie. Salvo para Rachel.

O para Ethan, el niño más adorable e inteligente del mundo. Le gustaba ver la cara de alegría que ponía el niño cuando le tomaba en brazos y le subía por los aires.

Sentía que estaba disfrutando ahora de toda la felicidad y el amor que ni Rami ni él habían tenido durante su infancia. Esperaba, en cierta medida, poder compensar la existencia vacía que había sido la vida de su hermano educando a su hijo con todo su amor.

Una tarea, por otra parte, que, lejos de ser un sacrificio, le llenaba de entusiasmo.

¿Quién habría pensado que él, el todopoderoso jeque de Wall Street, como le llamaban en algunos blogs de Internet, disfrutaría cambiando pañales, dando de comer a un bebé, bailando por la habitación para calmar a Ethan cuando lloraba o no quería dormirse, o sentándose con Rachel en un banco del parque con el cochecito del niño al lado?

Estaba siempre tan feliz y sonriente que había llegado a pensar que se le estaba empezando a quedar una sonrisa de tonto en la cara.

Aunque, a veces, creía ver en Rachel una sombra de tristeza que le preocupaba.

Ahora, en aquella mesa del River Café, creyó estar viendo de nuevo aquella expresión en su cara. Rachel miraba, extasiada y sonriente, las estrellas por la ventana del restaurante cuando, de pronto, algún pensamiento o, tal vez, algún recuerdo vino a enturbiar su sonrisa.

–¿Cariño? –le dijo él en voz baja–. ¿Estás bien?

–Sí, claro que sí –dijo ella, tragando saliva y tratando de recuperar su sonrisa.

Él le tomó una mano y se la llevó a los labios.

–¿Estás segura? No sé... pareces algo... triste.

–¿Cómo podría estar triste a tu lado? Solo estaba pensando lo hermoso que es todo esto.

–Tú sí que eres hermosa –dijo Karim.

Rachel no pudo desechar la sombra que estaba empañando su felicidad aquellos últimos días.

Si uno pudiera desdecirse de sus mentiras. Si fuera posible detener el tiempo..., pensó ella.

Cuando era pequeña, le parecía que el tiempo iba muy despacio porque quería hacerse mayor.

Pero sabía muy bien que el tiempo solo tenía una velocidad.

Aunque no había podido terminar sus estudios, había leído mucho. Todo lo que caía en sus manos.

«Si prestaras la mitad de atención en arreglarte que la que dedicas a esos libros, te iría mucho mejor en la vida», solía decirle su madre.

Pero el ritmo al que parecía transcurrir el paso del tiempo no tenía nada que ver con los libros, sino con su vida.

Cuando su madre conocía a un hombre, las semanas y los meses parecían discurrir a paso de tortuga, mientras ella prodigaba toda su atención a su amante. Hasta que aparecía otro en su vida. Entonces su madre sacaba las maletas de debajo de la cama y al día siguiente estaban en la estación de autobuses, rumbo a una nueva ciudad.

En esas ocasiones, era cuando el tiempo parecía ir más deprisa. Y después... Una nueva ciudad, un nuevo colegio, unas nuevas amigas. El desarraigo. Y su madre siempre con un hombre nuevo. El tiempo volvía otra vez a ralentizarse, hasta que su madre soltaba su viejo discurso de que se estaba cansando ya de Jim o de Bill o de Art, o como se llamase el amante de turno y entonces el ciclo volvía a repetirse.

No, Rachel nunca había esperado que el tiempo se detuviera. Ella siempre había deseado que avanzara deprisa porque... nunca había sido feliz.

Le había llevado veinticuatro años averiguarlo. Cuando

una era feliz, lo que quería era que el tiempo se detuviera para disfrutar eternamente de esa felicidad.

La primera vez que ella había sentido esa sensación fue el día que Suki le entregó a Ethan.

Y ahora, además del niño, estaba él. Karim. Ella lo amaba. Lo adoraba. Había momentos en que apenas podía respirar de la alegría que sentía en el corazón.

Como esa noche. Sentada allí frente al hombre que amaba, con las manos agarradas, viéndole sonreír mientras le daba un trozo de su langosta, escuchando sus advertencias sobre lo que haría si ella volvía a abrir los labios y le mostraba otra vez la punta de la lengua.

Ella le hubiera dejado hacer cualquier cosa que él hubiera querido.

Durante la cena, él le habló de su infancia, de aquel día que entró en las caballerizas del palacio, sacó al alazán favorito de su padre, le puso el bocado, la brida y las riendas, lo montó «a pelo» y se fue a cabalgar con él por el desierto hasta que uno de los hombres de su padre lo alcanzó horas después y lo llevó a palacio.

—Mi padre se puso furioso.

—Es comprensible. ¿Qué hubiera pasado si el caballo te hubiera tirado?

—No, no lo has entendido, *habiba*. Mi padre estaba preocupado por el caballo. Había pagado varios cientos de miles de dólares por el animal. Yo solo tenía siete años. No tenía edad suficiente para controlar un animal como aquel.

—¿No estaba preocupado por ti, sino por el caballo? ¡Oh, eso es terrible!

—Lo que es terrible es el deseo que siento de besarte —dijo él llevándose las manos de ella a los labios—. Tendré que conformarme con esto, pero me gustaría poder besarte en otras partes...

—Shhh... ¿Qué pensaría alguien si te oyese? —dijo ella sonriente aunque algo sonrojada.

Él sonrió también complacido por su reacción. Esa noche quería hacerla muy feliz. Deseaba que fuese una noche muy especial para ella. Y, muy en particular, a los postres.

Sería un postre muy especial, pensó él, mientras el camarero se acercaba a la mesa.

–Su Alteza. Señorita –dijo el camarero con una sonrisa muy profesional, aclarándose la garganta al ver el gesto de advertencia que Karim le estaba haciendo–. El chef les envía sus saludos y me dice que les comunique que ha preparado un postre especial en honor de la señora –añadió mirando a Rachel.

–¿En mi honor? –exclamó ella sorprendida pero muy contenta.

–Sí, señora. ¿Puedo traerlo ya, señor?

Karim asintió con la cabeza. Estaba nervioso. Después de casi dos semanas juntos, aún no podía creerse que fuera un hombre tan afortunado. Había ido a Las Vegas a solucionar los problemas que su hermano había dejado y se había encontrado a la mujer de su vida.

«¡Qué tonto fuiste, Rami!», pensó él.

Y, sin embargo, tenía que darle las gracias. De no haber sido por él, no estaría ahora con Rachel y con el niño.

Le hubiera gustado haber tenido la ocasión de haberlo hecho. Habían estado muy unidos en otro tiempo. Y, ahora, por alguna extraña razón, volvía a sentirse tan cerca de su hermano como entonces. Lo único que le costaba era aceptar que Rachel hubiera estado con Rami.

No era solo por cuestión de sexo, era algo más profundo.

En ese sentido, él no era machista. Venía de una cultura donde las mujeres apenas habían tenido derechos en el pasado, pero él nunca había considerado que la virginidad fuera una exigencia para que una mujer lle-

gara al matrimonio. Su problema era que no podía imaginar a Rami y a Rachel manteniendo una conversación
y mucho menos acostándose juntos. Rami solo se había
fijado siempre en el físico de las mujeres y Rachel, aunque fuese muy bella, era mucho más que eso. Ella era
brillante, inteligente e ingeniosa. Y con ideas propias.

No lograba comprender que dos personas tan diferentes hubieran podido llegar a entenderse.

Estuvo tentado de preguntárselo en más de una ocasión, pero ella le había dejado bien claro que no quería
hablar sobre el asunto y, además, él no estaba seguro de
que le hubiera gustado la respuesta. Por otra parte,
como él mismo había dicho, aquello era agua pasada y
lo importante era el presente y el futuro.

El camarero se acercó en ese momento con los postres: una miniatura de chocolate del puente de Brooklyn
para él y una bola de helado de vainilla para ella.

Puso los platos en la mesa, dirigió a Karim una mirada de complicidad y se retiró en seguida.

Karim vio a Rachel mirando su espectacular puente
de chocolate y luego su humilde bola de helado. Tuvo
que contener la risa. Tenía la misma expresión de un
niño al que le hubieran prometido un algodón de azúcar
y al final le hubieran dado un chupa-chup.

Era adorable. Le habían cambiado su tarta de chocolate por aquella triste bola de helado y, sin embargo,
sonreía emocionada mirándola. ¡Qué buen conformar
tenía!

Karim agarró el tenedor de postre y probó un trozo
de su tarta.

–¡Fabulosa! –exclamó él–. ¿Y tu helado?

–Seguro que está delicioso –dijo ella tomando la cucharilla y hundiéndola en la bola de vainilla–. ¡Oh!...
Debe de tener alguna capa de chocolate por dentro.

Ella se quedó un poco parada, mientras él la miraba
expectante con el corazón en un puño.

–¿Tal vez sea alguna fresa?

–No –dijo ella deshaciendo la bola con la cucharilla–. Parece... Es una caja... Una cajita azul.

Rachel dejó la cucharilla en la mesa, sacó la cajita de la copa del helado y la abrió.

Una ráfaga de luz blanca y azul la cegó por unos instantes.

–¡Karim! ¡Oh, Karim! –exclamó ella sin saber qué decir.

Era un anillo de brillantes. Aunque decir eso sería una simpleza tan grande como decir que el sol era una estrella más.

Era un diamante enorme. Parecía como si todo el fuego del universo se hubiera concentrado en el corazón de aquel mineral maravilloso. Estaba engastado en un anillo de oro blanco y flanqueado por un conjunto de zafiros del mismo tono que el cielo de una mañana despejada del mes de junio.

Karim se quedó expectante mirando a Rachel, esperando que dijera algo. Pero ella se quedó callada sin decir nada. Él empezó a desesperarse.

Había elegido aquella joya con sumo cuidado. Conocía bien a Rachel y sabía que no era muy amiga de ostentaciones, pero quería regalarle algo especial.

La amaba con toda su alma y quería que todo el mundo lo supiera.

Se suponía que ese día había ido a trabajar, pero lo cierto era que se había pasado casi toda la mañana eligiendo el anillo.

¿Acaso no le gustaba? ¿Habrían cambiado sus sentimientos hacia él? ¿Habría reconsiderado su decisión de convertirse en su esposa?

«Cálmate», se dijo él. «Relájate y dale un poco más tiempo».

Sí, debía tener calma y decirle algo como: «Espero que te guste, pero, si no es de tu agrado, no te preocupes, podemos cambiarlo por otra cosa». En fin, esas cosas que se suelen decir.

–¡Maldita sea, Rachel! –exclamó él, al borde de la desesperación–. ¡Dime algo!

Ella sostuvo el anillo en la palma de la mano y le miró a los ojos.

–¡Es la cosa más hermosa que he visto en mi vida!

–¡Gracias a Dios! –replicó él, suspirando aliviado–. Te amo, amor mío.

–Karim –dijo ella con los ojos llenos de lágrimas–. Yo no me merezco esto...

Él tomó el anillo de su mano y se lo puso en el dedo. Le quedaba perfecto. Era muy bello, aunque no tanto como ella.

–Te amo –repitió él, empujando la silla hacia atrás y poniéndose de pie.

Le tomó de la mano, la ayudó a levantarse y la besó, reflejando en aquel beso, mejor que con cualquier palabra, lo que sentía por ella.

Había estado esperando toda su vida a esa mujer y el destino se había encargado de ponerla en su camino y juntarlos para siempre.

Rachel le puso los brazos alrededor del cuello y le devolvió el beso.

–Te amo con todo mi corazón –dijo ella entre lágrimas–. Y siempre te amaré. Recuérdalo. Recuerda que, pase lo que pase, siempre te amaré. Siempre.

–*Enti hayati, habiba*. Tú eres mi vida, cariño.

Algunas personas se pusieron a aplaudir e incluso a vitorearlos.

Rachel se puso más colorada que nunca. Karim la miró con una sonrisa de felicidad.

Dejó unos billetes sobre la mesa y salieron del restaurante.

En pocos minutos, llegaron a casa. A su refugio.

Durmieron abrazados. Muy abrazados.

Él la despertó a mitad de la noche y volvieron a hacer el amor. Y luego, poco antes de que despuntara el alba, lo hicieron por tercera vez.

Cuando él volvió a despertarse, la luz del sol inundaba con sus rayos dorados toda la habitación. Le dio a Rachel un beso en el hombro y ella abrió los ojos.

—Buenos días, dormilona.

Rachel sonrió y le acarició la cara dulcemente con las manos.

—¿Qué hora es? —dijo ella desperezándose.

—Hora de ducharse y vestirse, *habiba*. El avión nos espera.

Un miedo inconsciente se apoderó de ella. Se sentó en la cama y se cubrió con la sábana.

—¿Qué quieres decir?

Karim le apartó la sábana y le besó los pechos.

—Nos vamos a casa, cariño —dijo él muy suavemente—. A Alcantar.

El vuelo se hizo interminable. Mucho más largo que el de Las Vegas a Nueva York.

Roberta había ido con ellos. Ethan y ella se habían instalado cómodamente en un cuarto que había en la parte trasera del avión.

—¿Por qué no me dijiste que íbamos a volar a Alcantar hoy? —preguntó Rachel.

—Iba a hacerlo —respondió él tomándole la mano—. Pero pensé que te pondrías más nerviosa.

Ella estaba más que nerviosa. Estaba aterrorizada ante la idea de conocer al padre de Karim.

—¿Y si no le gusto?

—Ya verás como sí, cariño —replicó él con una sonrisa—. Mi padre ha estado dándome la lata durante años para que encontrara una esposa adecuada.

—¿Y soy yo una esposa adecuada para ti?

–Tú eres una esposa adecuada para cualquier hombre, pero especialmente para uno que te ame tanto como yo –contestó él–. Le hablé de Ethan.

–Y ¿qué... te dijo?

–Se sorprendió mucho, por supuesto. Pero, a pesar de todo, mi padre por su... ¿cómo diría?... sentido de estado, es un hombre práctico. Está encantado de tener un nieto.

–¿Significa eso que sabe que entre Rami y yo...?

Karim titubeó. No quería mentirla. Sabía que la sinceridad era la base de una buena relación en una pareja.

–Sí, pero no te preocupes, te aceptará y te querrá como a una hija en cuanto te conozca.

Ella asintió con la cabeza, no muy convencida.

Karim recordó entonces la conversación telefónica que había tenido con su padre.

–Una mujer que tiene un hijo con un hombre sin estar casada con él, demuestra tener una moralidad dudosa –le había dicho su padre muy serio.

–El mundo ha cambiado, padre –le había contestado él en plan conciliador.

–Nuestro mundo, no. Alcantar es fiel a sus principios y valores.

Karim había fruncido el ceño. El mundo había cambiado, incluso en Alcantar, y él lo cambiaría más cuando llegase al trono. Pero no había querido discutir ese punto con su padre.

Solo había querido dejar claro que no toleraría ninguna interferencia en su decisión de casarse con Rachel, ni ninguna falta de respeto hacia ella.

–Mi mundo sí ha cambiado –le había dicho–. Gracias a Rachel. La amo y me siento orgulloso de hacerla mi esposa.

Su padre debía de haber captado su firme determinación y había zanjado la conversación diciendo que volverían a hablar del asunto.

Eso sería muy pronto, pensó Karim, cuando el avión tocó la pista de aterrizaje.

–Ya hemos llegado, Alteza –dijo el piloto desde el micrófono de su cabina.

Se desabrocharon el cinturón de seguridad. Ella estaba pálida y confusa. Su mundo estaba a punto de cambiar. Alcantar podía ser un país hermoso, pero sería muy diferente de todos los lugares en los que había estado. Y, lo que temía más, él podría convertirse también en un hombre muy diferente del que conocía en cuanto bajase la escalera de aquel avión.

Tal vez deberían haber hablado de eso antes, pensó ella, mientras descendían del avión.

Pero ya era demasiado tarde.

Había una flota de Bentleys blancos, enarbolando la bandera con el halcón de Alcantar, y toda una compañía de guardias perfectamente formados, para rendir honores.

–Karim –susurró ella–. No sé si podré...

Él, rompiendo el protocolo, le pasó un brazo por el hombro para tranquilizarla.

–Ya verás como puedes, cariño –dijo él en voz baja.

Ella se apoyó en su hombro tratando de reunir las fuerzas que a él parecían sobrarle.

Sí, él tenía razón. Se irguió, muy digna. Podía hacerlo. ¿Por qué no?

Podría hacer cualquiera cosa por él, pensó ella.

No estaba segura de que ella pudiera ser la esposa adecuada para un hombre como él. Máxime, teniendo en cuenta que su relación había comenzado con una mentira. Pero estaba dispuesta a terminar con aquella angustia. Se comportaría lo más digna posible durante la recepción y luego le diría toda la verdad. Él la amaba. Comprendería la razón por la que le había mentido sobre Ethan. Eso pareció infundirle el valor que le faltaba. Esbozó una sonrisa, mientras Karim saludaba marcialmente al capitán que mandaba la guardia de honor.

Luego entraron en un coche de cristales tintados. Roberta y el niño se montaron en otro.

—¿Todo bien, cariño? —le dijo él cuando el coche arrancó.

—Sí —respondió ella con una mentira piadosa

Enfilaron una carretera, bordeada de palmeras. Atravesaron una ciudad, de aspecto moderno, y pasaron por un palacio de oro y marfil, que se recortaba sobre un cielo azul limpio y sereno. Atravesaron una puerta dorada y otra carretera de cuatro carriles, flanqueada también de palmeras, hasta detenerse en un patio enorme, con la cúpula del palacio sobre sus cabezas.

Un hombre con un *keffiyeh* blanco les abrió la puerta del coche y se cuadró.

Karim se bajó del coche y le ofreció la mano a Rachel. Tenía los dedos fríos como el hielo.

—Todo saldrá bien, no te preocupes. Ya lo verás —dijo él en voz baja, mientras subían la escalinata del palacio.

Roberta iba justo detrás de ellos con Ethan en brazos.

Atravesaron unas puertas enormes de oro macizo y se encaminaron por un pasillo, no hacia la sala del trono, sino hacia los aposentos privados del rey.

Karim pareció sorprendido. No sabía interpretar si aquello era una buena o una mala señal.

Entraron en una espaciosa sala de estar. Las cortinas estaban echadas para no dejar entrar el sol abrasador de aquella primera hora de la tarde. El rey estaba sentado en una silla de ébano y marfil tallado. Tenía un gesto sombrío. Karim percibió la tensión en el aire.

—Padre —dijo Karim, con el brazo en la cintura de Rachel.

—Que no nos moleste nadie —ordenó el rey al sirviente que les había acompañado.

El hombre hizo una reverencia y salió por la puerta.

—Padre, esta es...

El rey se puso en pie y levantó una mano, mirando primero a él y luego a Rachel. Había un fuego helado en su mirada.

—Sí, sé quién es. La mujer que consiguió atraer a un tonto a su cama.

—Escúcheme, padre —dijo Karim con los ojos entornados, conteniendo su indignación.

—No, hijo mío. Tú eres el que necesitas escuchar.

Y, como si sus palabras fueran una señal secreta, una mujer de pelo rubio largo y unos brillantes ojos azules salió de entre las sombras, a sus espaldas.

—¿Suki? —exclamó Rachel sin dar crédito a lo que veían sus ojos.

—Sí —dijo Suki bruscamente—. ¿Pensaste, de verdad, que podrías salirte con la tuya, Rachel?

Karim miró desconcertado a las dos mujeres, que tenían un gran parecido.

—¿Rachel? ¿Es esta tu hermana?

—Karim, por favor —dijo ella con voz temblorosa—. Traté de decírtelo, pero...

Karim sintió como si un pozo negro y profundo se estuviese abriendo bajo sus pies.

—¿Decirme qué?

—¿De veras intentaste decírselo? —dijo Suki, con las manos en las caderas—. Permíteme que lo dude. No pudiste robarme a Rami y pensaste entonces en cazar a su hermano, ¿verdad?

—¡Maldita sea! ¿De qué está hablando esta mujer? —dijo Karim desconcertado, mirando muy serio a Rachel, que se limitó a negar con la cabeza.

—Mi querida hermana —intervino Suki— soñaba con

pescar a un tipo con dinero. Primero lo intentó en el casino y luego delante de mis narices.

–Suki –susurró Rachel–. ¿Cómo puedes...?

–Pero no pudo –siguió diciendo Suki, sin hacer caso a su hermana–. Rami me amaba. Tuvimos una discusión estúpida y me dejó –sacó un pañuelo y se secó los ojos–. Yo estaba desesperada. Lo amaba, ¿sabe? Era además el padre de mi bebé...

–¿Qué?

–Le pedí a Rachel que se hiciera cargo de Ethan, mientras yo iba a buscar a Rami, pero...

–¿Es eso verdad? –preguntó Karim, mirando a Rachel–. ¿Es Ethan hijo de tu hermana?

–Karim –murmuró ella vacilante, como si estuviera soñando–. Karim, por favor...

–Claro que es mío –replicó Suki con un destello de malicia en la mirada–. Ella me lo robó.

–Yo no te lo robé y tú lo sabes. Tú le abandonaste.

–Te lo confié para que me lo cuidaras mientras trataba de encontrar trabajo –contestó Suki, y luego añadió dirigiéndose a Karim–: Mire usted, cuando su hermano me dejó, me quedé sin un céntimo. No conseguía encontrar trabajo en Las Vegas. Estaba desesperada. Por eso, le pedí a Rachel que se hiciera cargo de Ethan solo durante unas semanas. Entonces me fui a Los Ángeles y allí conseguí un empleo.

–No fue así –exclamó Rachel, a punto de derrumbarse.

–Le enviaba dinero todas las semanas, pero ella siempre quería más. Y entonces fue cuando vio la oportunidad. El hermano de Rami, usted, príncipe Karim, apareció en su apartamento como caído del cielo. Y era aún más rico que su hermano.

–Rachel, ¡dime que está mintiendo! –exclamó Karim, apretándole los hombros con las manos–. Dime que nada de eso es cierto, que las últimas semanas no han sido solo una mentira.

–Karim, es cierto que Ethan es suyo, pero todo lo demás no pasó como ella ha dicho...

Karim sintió un gran dolor en lo más hondo de su alma. Se apartó de Rachel y, sin siquiera mirarla, se dio la vuelta y salió de la sala.

Suki esbozó una sonrisa de triunfo. Pasó junto a su hermana y tomó al niño.

–Ven precioso –dijo ella arrullando al pequeño–. Ven con tu mamá.

Ethan se puso a llorar y Rachel se desplomó en el suelo, llorando.

Capítulo 12

POR FAVOR –dijo Roberta, corriendo a abrazar a Rachel y a ayudarla la levantarse–. No llore. No haga caso de esas cosas tan terribles que le dijo esa mujer.

–Lo que dijo sobre Ethan es verdad –replicó Rachel entre sollozos–. Ella fue la que le trajo al mundo. Pero yo soy la que le quiere de verdad.

–Lo sé. Todo lo demás es una sarta de mentiras. Cualquiera que la conozca, lo sabría igual que yo –dijo la muchacha con amargura–. Y el príncipe Karim, el primero. ¿Cómo ha podido él creer que usted haya podido hacer todas esas cosas?

Esa era la pregunta que Rachel se hacía una y otra vez, con el corazón destrozado.

Karim le había dicho que la amaba. Y, sin embargo, había aceptado todos los embustes de Suki. ¿Cómo había sido capaz?

La respuesta era simple. Él había aceptado la historia de Suki porque, entre todas las mentiras, había una gran verdad. Ella le había mentido desde el primer momento. Le había mentido sobre Ethan y sobre Rami, y ahora esa mentira iba a pesarle como una losa.

Iba a perder las dos únicas cosas que había amado de verdad en su vida: al niño y a él.

Podía echar la culpa de ello a Suki por haber abandonado a su hijo y contar a Karim y a su padre aquella historia retorcida. Podía culpar también a Karim para haberse vuelto a convertir en aquel hombre despiadado y sin corazón que había sido siempre. Pero la terrible verdad era que nadie era más culpable que ella misma. No ya solo por mentir, sino por haber cedido a las emociones y sentimientos que sabía podían acabar haciéndole tanto daño.

El amor era la mayor de todas las mentiras. El sexo era lo que de verdad unía a los hombres y a las mujeres. Tenía que haberlo recordado.

–¿Señorita?

Rachel alzó la vista. Era el sirviente que les había acompañado a esa sala.

Pero no se estaba dirigiendo a ella, sino a Roberta.

–La madre del niño necesita su ayuda –dijo el hombre, mirando de soslayo a Rachel.

–Que vaya a pedírsela a otra persona –dijo Roberta furiosa.

–Por favor –dijo Rachel, tocándole el brazo–. Ve a ayudarla.

–¿Ayudar a su hermana? ¿Está loca? Ella es una...

–Yo sé mejor que tú lo que es –dijo Rachel con amargura–. Pero hazlo por mi bebé, debe de estar muy asustado –añadió con la voz quebrada y los ojos llenos de lágrimas–. Está en un lugar extraño con personas que no conoce. Por favor, Roberta. El niño te necesita.

–Sí. Tiene razón. No se preocupe. Me quedaré con él todo el tiempo que haga falta.

Las dos mujeres se abrazaron entre sollozos. Luego, Roberta siguió al sirviente y desapareció tras la puerta, dejando a Rachel sola en medio de aquella enorme sala.

Todo quedó en silencio. El rey también se había ido al poco de salir Karim.

Rachel se frotó los ojos con las manos, sin saber qué hacer.

Tenía que salir de aquel lugar terrible, pero ¿cómo?

–Rachel –le dijo una voz profunda y familiar.

Ella se volvió hacia la puerta y vio a Karim con una expresión fría y despectiva.

Se quedó mirándola fijamente, con los brazos cruzados y los ojos entornados.

A pesar de todo, un atisbo de esperanza floreció en su corazón. El amor entre ellos podría renacer de nuevo como resurgía milagrosamente la mítica ave de Fénix de sus cenizas.

—Karim, por favor —dijo ella titubeante—. Si quisieras escucharme...

—Ese fue mi primer error. Escucharte. A ti y a tus mentiras.

—Sé que no debí haberte mentido sobre Ethan. Lo sé. Pero nunca te he mentido sobre nosotros.

—¿Sobre nosotros? —exclamó él con un rictus de desdén—. Nunca hubo nada entre nosotros.

—Yo te amo, Karim. Tienes que...

Él levantó entonces el brazo derecho. Tenía un trozo de papel en la mano.

—¿Qué es eso?

—Un cheque.

—¿Un cheque? —exclamó ella mirándolo sin comprender—. ¿Por qué?

—Por tu interpretación magistral de todas estas semanas. Adelante. Tómalo.

Ella puso las manos delante de la cara como si quisiera alejar de sí a algún espíritu maligno.

—Es por cincuenta mil dólares. ¿No te parece bastante? —dijo él, encogiéndose de hombros—. ¿Cuánto, entonces? ¿Cien mil? Te advierto que mi generosidad tiene también un límite.

—¿Has pensado realmente que iba a aceptar tu dinero? —replicó ella con una mezcla de incredulidad y amargura—. No quiero tu dinero. Quiero...

—Sí, ya sé lo quieres. Estuviste a punto de conseguirlo

–dijo él con frialdad–. Mi fortuna, mi título y un niño que no es tuyo.

–¡Eso no es verdad!

–No creo que tú seas la mujer indicada para decir lo que es o no es verdad.

–Nunca llegaste a amarme –susurró Rachel en voz baja–. Si me hubieras amado, sabrías que nunca he buscado el dinero. Habrías comprendido que Suki se inventó esa historia. Ella dio a luz a Ethan, sí, pero no lo dejó conmigo para ir a buscar trabajo. Me lo dejó porque no lo quería. Se marchó sin decir una palabra y nunca más volví a saber más de ella hasta hoy.

–Tienes respuestas para todo, ¿eh? –dijo Karim con ironía–. Eres sin duda una actriz consumada. Deberías dedicarte a...

–¡Maldita sea! ¿Es que no quieres escucharme? Todo ha sido una invención de Suki. Yo nunca traté de seducir a Rami. Apenas crucé dos palabras con él. Sí, mentí sobre Ethan. Pero lo hice para evitar que tú te lo llevases. ¿No te das cuenta?

–De lo que me doy cuenta es de que eres incapaz de decir la verdad.

Rachel miró a Karim y creó ver en él de nuevo a aquel hombre egoísta, déspota y arrogante de la primera vez. ¿Cómo podía haber amado a aquel hombre?

–Y tú –replicó ella–, eres incapaz de ser un hombre de verdad. Eres solo un jeque sin corazón.

Rachel respiró hondo, alzó la cabeza y pasó muy derecha junto a él, en dirección a la puerta.

–¡Rachel! –dijo él, con voz de mando, poniéndole una mano en el hombro–. Nadie se aparta de mi presencia hasta que yo no lo autorizo.

–Estoy seguro de ello, Alteza –dijo ella muy altiva–. ¿Quién se atrevería a hacer una cosa así?

–Ten cuidado con lo que me dices, mujer.

–¿Por qué? ¿Qué más daño podrías hacerme que no me hayas hecho ya?

–Estás ahora en mi país y aquí mi palabra es...

Karim se detuvo, al darse cuenta de que estaba perdiendo el control. Aquella mujer le estaba sacando de quicio. Le había mentido y utilizado. Se había burlado de él. Pero aún la deseaba.

–Quiero volver a Estados Unidos –dijo ella.

–¿Y si yo no quiero?

–Me importa un bledo lo que tú...

Karim la estrechó en sus brazos. Ella luchó, tratando de apartarse, pero él le agarró las manos y las puso juntas sobre su pecho.

–¡Suéltame!

–Lo que pasó en la cama, fue también todo mentira, ¿verdad? Los suspiros, los gemidos, las cosas que me pedías que te hiciera...

–Eres un ser repugnante –dijo Rachel, con voz temblorosa–. Te odio, te odio...

Ella siguió intentando soltarse, pero Karim la besó con pasión hasta escuchar sus gemidos y notar que su resistencia comenzaba a ceder...

–Quédate en Alcantar. Podrías cuidar del niño durante el día. Y, por la noche...

Ella lanzó un grito salvaje y terrible, se apartó de él y le escupió en la cara.

–Aléjate de mí –dijo jadeante–. Si me vuelves a tocar otra vez, te juro que...

Karim la miró lleno de furia y despecho.

–Mi piloto te llevará a Nueva York, a primera hora.

–Mañana, no. Ahora.

–No puede volar sin haber descansado el tiempo reglamentario.

–Ese es tu problema, no el mío.

–Mi único problema es asegurarme de no volver a verte nunca más –dijo él, chasqueando los dedos–.

Muéstrele sus habitaciones a la señorita Donnelly –dijo al sirviente que apareció en seguida en la puerta.

–¡No pienso pasar la noche bajo el mismo techo que tú!

–Si prefieres la arena del desierto al colchón de una cama, procuraré complacerte. Estoy seguro de que a las serpientes y a los escorpiones les agradará tu compañía.

Dijo luego algo al sirviente en su lengua natal y se marchó con un caminar tan altivo y arrogante como había sido su actitud.

–¡Malnacido! –murmuró ella.

La mirada de asombro que vio en el sirviente la hizo sentirse algo mejor.

Pero no así la idea de pasar la noche a la intemperie en el desierto.

–¿Dónde están los aposentos del jeque?

–En el ala norte, señora.

–Muy bien. En ese caso, lléveme, por favor, al ala sur.

El criado inclinó la cabeza y salió de la sala. Rachel le siguió.

Sabía que no podría dormir. Estaba demasiado enojada consigo misma. Se había enamorado de un hombre que no había respondido como ella esperaba.

Suki siempre se había burlado de ella

–Tú no debes de ser una mujer normal, Rachel –solía decirle–. Parece como si no te gustaran los hombres... ¿Eres acaso frígida?

Tal vez lo fuera. O lo hubiera sido hasta que conoció a Karim. Se suponía que debía estarle agradecida por haberla iniciado en los placeres del sexo. Porque lo que había habido entre ellos había sido solo eso: sexo, puro sexo.

Ella, como la puritana estúpida y mojigata que era, había disfrazado de amor lo que solo había sido una experiencia sexual. Muy apasionante, eso sí.

El cuarto de baño de la suite era del tamaño de un salón de baile. Se duchó y luego se metió en la cama. Una cama donde podría dormir bien a gusto todo un equipo de baloncesto.

Rompió a llorar recordando los momentos felices que había pasado junto a él.

Y hundió la cara en la almohada, para amortiguar sus sollozos.

Karim tampoco podía dormir. Estaba tumbado en la cama, con los brazos por detrás de la cabeza, mirando al techo como si esperase ver en él la solución a sus problemas.

Mañana se presentaba un día lleno de cosas desagradables. Tendría que hablar con Suki Donnelly. La idea le disgustaba. No le había agradado nada aquella mujer, pero tendría que ver si estaba dispuesta a concederle la custodia de Ethan por las buenas. Ella era la madre de Ethan, después de todo. Lo lógico era suponer que tratase de quedarse con el niño.

Si lo hacía, llevaría el caso a los tribunales y conseguiría la custodia con facilidad. Pero prefería llegar a un acuerdo con ella. Sería lo mejor para todos.

Tenía que pensar también en disponer de una niñera, ya que Roberta había mostrado su lealtad total por Rachel. Y tendría que hablar luego seriamente con su padre. Sabía lo que el rey había hecho, pues él mismo se lo había contado, jactándose de ello.

–Tú me facilitaste su nombre: Rachel Donnelly. Ordené que la investigaran. Fue relativamente fácil descubrir que no había ningún registro en donde constase que hubiera dado a luz a un niño. Lo que sí encontramos, en cambio, al buscar su apellido, fue un certificado de nacimiento expedido a nombre de Suki Donnelly. Ella no tenía ninguna razón para ocultarse, por lo que mis hombres tardaron apenas unas horas en localizarla en Los Ángeles... ¡Ay, hijo! Si hubieras pensado con el cerebro en lugar de con...

–Cuidado con lo que dice, padre –le había contestado Karim, muy indignado.

Apartó las sábanas y se levantó de la cama. Se puso unos pantalones vaqueros y empezó a dar vueltas por la habitación. Se sentía atrapado, enjaulado, como uno de esos tigres de los zoológicos que se pasan el día yendo y viniendo de un lado a otro, dentro de su jaula.

¿Cómo podía haberle pasado a él una cosa así?

Siempre pensaba las cosas dos veces antes de hacerlas. Nunca hacía ni decía nada sin sopesar antes debidamente las consecuencias.

Pero con Rachel había bajado la guardia. Se había dejado llevar por sus sentimientos y lo que había empezado siendo solo sexo se había convertido en algo más profundo.

Se había enamorado de ella. Ahí había estado su error. No debía haber permitido nunca que tal cosa sucediera. Tendría que haber pensado mejor en las consecuencias y recordar que él era algo más que un hombre. Era un príncipe.

Se sentó en una silla y hundió la cabeza entre las manos.

Lo malo no era que él se hubiese enamorado de ella, sino que seguía amándola todavía. Nunca lo admitiría delante de nadie, pero era la verdad. La amaba.

Lo superaría, por supuesto. Acabaría olvidándola. Pero ¿cuándo? ¿Cuánto tiempo podría soportar aquella sensación de vacío que sentía cuando ella no estaba a su lado? ¿Cuánto duraría aún el dolor que le había causado su engaño?

No podía pensar con claridad. Tenía que descansar unas horas. O hacer algo útil.

Ethan. ¿Cómo estaría el bebé? La niñera estaba con

él, pero el niño extrañaría todo. Estaría asustado. Estaba fuera de su ambiente. Y más aún, sin Rachel a su lado. Bueno, ahora tenía a su madre. A su madre verdadera.

Se levantó de la silla, como impulsado por un resorte, se puso una camisa y salió de la habitación. Los pasillos del palacio eran muy largos. Le llevó varios minutos, pese a ir a buen paso, llegar al cuarto de los niños. Miró la puerta con nostalgia. Allí se habían criado generaciones enteras de príncipes, incluidos Rami y él mismo.

Llamó con los nudillos. La hermana de Rachel abrió la puerta tan rápido como si hubiera estado esperando detrás todo ese tiempo.

—¡Príncipe Karim! ¡Qué placer que haya venido a hacerme una visita! —dijo Suki con una sonrisa—. Pero pase, Alteza.

Llevaba un vestido largo de color rosa muy suntuoso. Y lo bastante transparente y vaporoso para que él pudiera vislumbrar las curvas de su cuerpo cuando andaba o se movía.

Karim se quedó en la puerta y se aclaró la garganta.

—¿Cómo está Ethan?

—¿Eh?

—Su hijo. ¿Cómo está?

—Oh, sí, claro. Estará bien, supongo. Pero ¿no quiere pasar y quedarse un rato conmigo?

—He dicho al personal de la cocina que le den el mismo tipo de leche que tomaba en Las Vegas, y los mismos purés de frutas y verduras. Pero si necesita cualquier otra cosa para él...

—No hay de qué preocuparse. Esa chica... Rebeca, Roberta, o como quiera que se llame, se encargará de todo —dijo ella con una acaramelada sonrisa acompañada de un aleteo de pestañas—. Esto es realmente esplendoroso. Este palacio, estas habitaciones...

—Debe de haber sido muy duro para usted tener que estar separada de Ethan durante este tiempo.

–Sí, claro... Y además hay un bar muy bien surtido. No sabía que ustedes tomaran vino. Abrí una botella hace poco. ¿Quiere que le sirva una copa? No sé usted, pero yo necesito relajarme un poco después del día tan ajetreado que he tenido.

–No me apetece tomar nada.

–Oh... Está bien. En cualquier caso, podría quedarse un rato y...

–¿Dijo usted que le enviaba dinero a Rachel?

–Sí, exactamente.

–¿Y nunca la llamó por teléfono para ver cómo estaba Ethan?

–Sí –dijo ella muy rápidamente, tal vez demasiado–. Claro que lo hice.

–¿Cuándo? –preguntó él secamente–. Ella y yo estuvimos juntos durante tres semanas. Rachel llevaba siempre el móvil con ella y nunca oí que la llamara durante ese tiempo.

–Bueno, era así como ella quería que se hicieran las cosas. Me dijo que no tenía tiempo para cuidar del niño y que, si yo quería que se hiciese cargo de él, que la mandase dinero, pero que no la molestase llamándola por teléfono para interesarme por el niño.

Suki sonrió y se pasó la legua por los labios en actitud procaz. Pero Karim encontró aquel gesto repugnante al compararlo con el de Rachel.

–¿Está seguro de que no quiere pasar, Majestad?

Karim no quiso dignarse siquiera en aclararle que ese no era el tratamiento adecuado para un príncipe como él. Era tarde, y sabía bien lo que tenía que hacer si quería conciliar el sueño.

–Pensándolo mejor... –dijo él con una sonrisa, pasando dentro y cerrando la puerta.

Capítulo 13

FINALMENTE, abatida por el cansancio, Rachel se quedó dormida.

Se despertó bruscamente en una habitación extraña con un gran ventilador de aspas girando en lo alto del techo y la lluvia golpeando en las ventanas.

Llovía en el desierto.

Se incorporó y se apartó el pelo de la cara. No había dormido desnuda como cuando se acostaba con Karim. Llevaba unas bragas y una camiseta sin mangas.

Se había pasado media noche llorando, pero se había prometido no volver a pensar en eso. ¿Para qué? Ella ya no significaba nada para él.

Abrió la maleta que había dejado en una mesita de ébano, decidida a poner en marcha el plan que había ideado. Sacó un sujetador, unas bragas y un vestido. Se dio una ducha rápida, se cepilló los dientes y se hizo una coleta en el pelo con una cinta.

Lo único que le quedaba por hacer era ir a ver a Ethan. Vería al niño por más obstáculos que Suki y Karim quisieran ponerle.

Después de eso, el piloto de Karim la llevaría a casa de nuevo.

¡A casa! Pero ¿dónde estaba exactamente su casa? La gente solía decir que la casa era donde uno tenía el corazón. En su caso, Ethan había sido la razón de que considerara su casa Las Vegas y Karim de que Nueva York hubiera sido luego su refugio de amor.

¿Y ahora qué?, se preguntó ella, sentada en el borde de la cama.

Bueno, tampoco era nada nuevo para ella. Estaba acostumbrada a la soledad. Había estado sola antes de Ethan y de Karim. ¿Por qué no iba a poder estar sola de nuevo?

Estaría bien. Necesitar a los demás era un error. La vida se lo había enseñado.

Si ella no hubiera dejado que un hombre le robara el corazón...

No. Eso no era no verdad. Ella se lo había servido en bandeja plata.

Pero no tenía sentido seguir dando vueltas al asunto. Tenía que mirar hacia delante. Tenía que decidir a qué ciudad ir, encontrar un lugar donde vivir, buscar un trabajo...

Alguien llamó entonces a la puerta.

Probablemente, uno de los sirvientes del palacio viniera a decirle que el avión ya estaba listo. Muy bien, el piloto tendría que esperar. Ella no iba a marcharse de allí sin ver a su bebé.

–Adelante –exclamó ella dirigiéndose a la puerta.

Karim.

Iba vestido de modo informal, como ella. Unos vaqueros y una camiseta sin mangas. Estaba aún sin afeitar. Tenía una aspecto increíblemente sexy.

Aparentemente parecía el mismo hombre del que ella se había enamorado, pero sabía muy bien que no era el mismo. Debería recordarlo.

–Me alegra que hayas venido. Así ya no tendré que ir a buscarte.

–¿Puedo entrar?

–No lo creo necesario. Lo que tengo que decirte me llevará solo un minuto –hizo una pausa, consciente de la importancia de que su voz sonase firme y decidida–. Quiero ver a Ethan.

–Está durmiendo.

–Quiero verle, Karim. No aceptaré un no por respuesta.

Karim sintió una zozobra interior. Sabía que echaría de menos a Rachel. Y no solo en la cama. Echaría también de menos también su carácter, su valor, su fuerza de voluntad.

La miró detenidamente. Tenía los ojos enrojecidos, como si hubiera estado llorando. Se había puesto la camiseta del revés. Podía ver la etiqueta asomando por el cuello. Eso demostraba que no se sentía tan segura de sí misma como pretendía dar a entender.

Esperaba que así fuera. Una mujer que había mentido a un hombre, que le había llevado a pensar que era lo que no era, debería tener por lo menos algún remordimiento...

–¿Me has oído? Quiero ver a...

–Ya te he oído. Y la respuesta es no.

Rachel se puso las manos en las caderas, con gesto desafiante.

–¡No me iré hasta que lo haya visto!

–Tú te irás cuando yo diga –dijo él con una sonrisa–. Y eso será dentro de veinte minutos.

–Te exijo...

–¿Exigir? –dijo él con una voz falsamente afectuosa–. Tú no estás en posición de exigir nada.

–Karim. Si alguna vez has sentido algo por mí...

Ella dio un grito cuando él la agarró por los codos y la levantó en vilo.

–No me hables de sentimientos. Tú no sabes lo que significa esa palabra.

–Yo te amaba –dijo ella pronunciando las palabras que se había prometido no volver a decir nunca más–. Te amaba con toda mi...

–¡Estoy harto de tus mentiras!

–No es una mentira. Te amaba a ti. Amaba a Ethan...

–Sí –replicó él, soltándola–. Eso sí lo creo... Es por eso por lo que he venido a hablar contigo... Ethan va a necesitar una niñera.

–Roberta puede...

–No. Ella se quedará con él, pero solo esta semana. Tiene que asistir luego a un curso de verano en Nueva York.

–Suki tendrá que encargarse entonces de todo.

–Tu hermana y yo tuvimos una charla muy interesante ayer por la noche. Ya se ha ido. Tuvo que elegir entre criar a su hijo o concederme su custodia legal. Y no lo dudó mucho.

–¿Quieres decirme que te cedió a Ethan?

–Estuvo de acuerdo en cederme todos sus derechos y en autorizar que lo adoptara.

–¿Cómo pudo hacer una cosa así? –exclamó ella con los ojos como platos–. Le diste dinero.

Sí, le había dado dinero. Por eso había entrado en su habitación anoche. Suki había pensado que en busca de sexo pero, al final, había conseguido un cheque por una cantidad de siete cifras a cambio de un documento por el que renunciaba a todos sus derechos sobre el niño y se comprometía a no volver a verle nunca más.

Pero él no quería dar a Rachel ese tipo de explicaciones.

–Digamos que llegamos a un acuerdo beneficioso para ambos.

–¿Y del resto? ¿No te dijo que lo que había dicho de mí era todo mentira?

–No tratamos de eso, solo de Ethan.

Rachel sintió las lágrimas abrasándole en los ojos. ¿Para qué iba a hablar de eso con su hermana, si se había creído, a pies juntillas, todo lo que ella le había dicho?

–¿A qué has venido entonces?

–Pensé que te gustaría saber que me haré cargo de

Ethan. Que será feliz y nunca le faltará de nada. Supuse que eso sería importante para ti.

Las lágrimas acabaron brotando de los ojos de Rachel.

–Gracias. Has sido muy amable molestándote en venir a decírmelo.

–Quiero que sepas también que amo mucho al niño.

«¿Y a mí?», estuvo a punto de decir ella, «¿no me puedes amar?».

Pero no se lo preguntó porque sabía la respuesta. Él era un hombre para el que el honor lo era todo, y ella le había mentido, lo había deshonrado.

–Lo sé –dijo ella–. Y me alegro, porque te va a necesitar, ¿sabes? Es solo un bebé, y este cambio le va a resultar muy duro.

–Haré todo lo que esté en mi mano para que no sufra –dijo él asintiendo con la cabeza, y luego añadió mirándola fijamente a los ojos–: Lamento lo que te dije anoche... En todo caso, Ethan necesita una niñera. Yo puedo encontrarle una, pero sé que él te necesita y tú también a él... No, no pretendo decir con esto que... Simplemente te estoy proponiendo que seas su niñera, solo eso, nada más. Tendrías tu propio apartamento en el palacio, un sueldo generoso y...

–¿Me estás proponiendo que sea tu sirvienta?

–¿Si quieres verlo de esa manera? –respondió él con frialdad.

–Y ¿por cuanto tiempo sería? –dijo ella, con voz temblorosa.

–Hasta que el niño tuviera cinco o seis años. Hasta que ya no te necesite.

¡Hasta que ya no te necesite! Rachel sintió deseos de darle una bofetada.

–Solo un hombre sin corazón podría hacerme una proposición como esa –dijo ella en voz baja, pero con la ira contenida–. Te compadezco, Karim. Me das pena.

Pasó junto a él, sin mirarle, esperado que quizá la detuviera, como otras veces. Pero no lo hizo. Salió al pasillo y pidió a un sirviente que le llevara a la habitación de Ethan. El hombre le dijo que eso no era posible y ella se puso a discutir acaloradamente con él, hasta que llegó el jeque y le dio una orden. El sirviente hizo una reverencia y condujo a Rachel a la habitación donde estaba el bebé, profundamente dormido como Karim le había dicho.

Se acercó a la cuna, llorando en silencio, y le susurró al oído lo mucho que lo amaba y le prometió que volvería a buscarle aunque fuera lo último que hiciese en el mundo. Luego, antes de que se derrumbase de pena, se despidió del niño con un beso y le entregó su corazón.

Recorrió el interminable pasillo hasta salir a la puerta principal. Seguía lloviendo.

Un coche la estaba esperando. El conductor la llevó al aeropuerto de palacio.

Ella trató de mantener la compostura hasta que llegó al avión y ocupó su asiento.

–Por favor, abróchese su cinturón de seguridad –le dijo muy amablemente la azafata–. Despegaremos en unos minutos.

Rachel asintió con la cabeza. No confiaba en que pudieran salirle las palabras.

Los motores del avión se pusieron en marcha.

–Tenemos el espacio abierto hasta Nueva York, señora Donnelly –dijo una voz por el altavoz.

La azafata se marchó por el pasillo y desapareció en la cabina de la tripulación.

El avión comenzó a rodar lentamente.

No voy a llorar, se dijo ella, mientras miraba caer la lluvia por la ventanilla.

Un profundo sollozo se escapó de su garganta.

Apoyó la frente en la ventanilla. Había gotas en el cristal. Por dentro y por fuera.

El cielo estaba llorando y ella también.

El avión siguió rodando. Unos cuantos metros más y entrarían en la pista de despegue.

Los motores iban cada vez a más velocidad igual que el latido de su corazón.

En unos segundos se elevaría hacia el cielo y todo aquello habría terminado.

De repente, el sonido del avión pareció cambiar de intensidad. El rugido previo dio paso a un leve zumbido. El aparato comenzó a disminuir la velocidad.

Miró desconcertada por la ventanilla y vio un coche rojo deportivo avanzando por la pista a gran velocidad entre la lluvia. Iba hacia ellos.

El avión se detuvo, dejando los motores al ralentí. El copiloto salió de su cabina.

—¿Qué está pasando? —preguntó Rachel, algo preocupada.

El copiloto comenzó a abrir la puerta del avión, al tiempo que un hombre alto y bien parecido se bajaba del deportivo rojo que se había detenido al pie del aparato.

—¡Karim! —exclamó ella.

Se desabrochó el cinturón de seguridad. No se iba a enfrentar a Karim sentada. Tendría que hacerlo de igual a igual si quería salir de aquel horrible lugar.

Karim subió la escalerilla corriendo, con la cara descompuesta.

—¡Maldita seas, Rachel! —dijo nada más verla.

Y antes de que ella pudiera hacer o decir nada, la estrechó en sus brazos y la besó.

Ella trató de apartar la cara. No quería sus besos, ni sentir sus brazos, ni la dureza de su cuerpo atlético y musculoso sobre el suyo...

Pero susurró su nombre, le puso las manos en las mejillas y se rindió a él.

—Te odio. ¿Me oyes, Karim? Te odio, te odio, te...

–No me abandones. Te lo ruego, *habiba*. No me abandones nunca.

–No puedo quedarme. Así, no. No quiero ser tu concubina que es en lo que me convertiría si me quedara, porque no sabría estar lejos de ti. No, no puedo...

–Te amo.

–No, tú no me amas. Me deseas, que es muy distinto.

–¡Maldita sea! Claro que te deseo. Te deseo porque te amo. Y tú también me amas. Dímelo, cariño. Dime que me amas.

Ella negó con la cabeza. Él le había roto el corazón. Lo único que le quedaba era el orgullo.

–No. Yo no te amo.

–No más mentiras entre nosotros –dijo él hecho una furia–. Reconozco que he estado ciego. Me mentiste sobre Ethan porque no te dejé otra opción. Quería quitarte al niño y tú no podías dejar que hiciera tal cosa –hizo una pausa y la besó suavemente–. Rachel. Nos pertenecemos el uno al otro. Somos uno solo. Tú, yo y nuestro hijo. Nuestro Ethan.

–No –dijo ella–. No digas cosas que no sientes.

–No me digas eso. Siento en el alma cada palabra que te he dicho. Tu hermana trajo a Ethan a este mundo, pero tú, *habiba*, has sido su verdadera madre. Igual que yo seré su padre. Te amo. Cásate conmigo y sé mi esposa.

–Pero tú te creíste todo lo que Suki...

–Estaba desesperado. Roto de dolor. Te había dado mi corazón... –dijo él con la voz quebrada–. Ese corazón que tú siempre dices que no tengo.

–Karim, por favor. Te lo dije solo para herirte...

–Tengo un corazón, *habiba*. Pero pronto aprendí a preservarlo. Es lo que pasa cuando la gente te ve solo como un príncipe o un jeque. Te mienten, por respeto. Te dicen lo que piensan que deseas escuchar. Incluso aquellos que te aman... Mi madre... Rami...

–No podemos vivir toda la vida pendientes de personas que no nos quieren –dijo Rachel muy serena–. También mi madre y mi hermana...

–Sí, tienes razón. Pero tú y yo nos amamos. Nos tenemos el uno al otro. Y tenemos a Ethan. Podemos ser una familia, *habiba*, y podemos ser felices.

Rachel sintió el corazón henchido de felicidad. Se puso de puntillas y lo besó.

–Me odiaba a mí misma por haberte mentido, Karim. Pero tenía tanto miedo de perder a Ethan y de perderte a ti...

–Nunca nos perderás a ninguno, *habiba*. Ni a nuestro hijo, ni a mí.

–¡Nuestro hijo! –exclamó Rachel, sonriente, recreándose al repetirlo.

Karim le besó en las mejillas empapadas de lágrimas.

–Este ha sido un largo viaje para mí –dijo él en voz baja–. Cuando empezó, pensé que la vida de Rami me serviría de lección. Ahora sé que he aprendido de mis propios errores y, sobre todo, me he dado cuenta de lo único que de verdad es importante en este mundo.

–¿Y qué es? –preguntó Rachel, aunque sabía de sobra la respuesta.

–El amor. El amor es lo único que importa –respondió Karim, y luego añadió mirándola a los ojos–: Rachel. ¿Quieres casarte conmigo y compartir mi amor para siempre?

Rachel, delirante de felicidad, se echó a reír.

–Sí, sí, sí, sí...

Karim la tomó en sus brazos y la besó.

La lluvia cesó y la luz dorada de un sol resplandeciente inundó la cabina del avión.

Bianca.

De los flashes de las cámaras al fuego de la pasión…

Perseguida por los escándalos, atacada ferozmente por la prensa del corazón y sintiéndose muy vulnerable, Larissa Whitney decidió esconderse de los implacables paparazis en una pequeña y aislada isla. Pero tampoco iba a poder estar sola allí. Cuando menos se lo esperaba, se encontró con Jack Endicott Sutton…

Le parecía increíble estar atrapada en esa isla con un hombre con el que había tenido un apasionado romance cinco años antes, un hombre por el que aún sentía una gran atracción y que sabía que la verdad de Larissa era aún más escandalosa de la que destacaban las revistas…

HARLEQUIN *Bianca.*

CAITLIN CREWS
Más allá del escándalo

Más allá del escándalo

Caitlin Crews

Acepte 2 de nuestras mejores novelas de amor GRATIS

¡Y reciba un regalo sorpresa!

Y por las noches…

KATHERINE GARBERA

Justin Stern estaba casado con su trabajo aunque, nada más ver a Selena, supo que su vida iba a cambiar. Tal vez el matrimonio no estuviera en su agenda, pero tenía claro que quería tener una aventura con ella.

Para complicar las cosas, Selena era su oponente en unas negociaciones donde había mucho en juego. Pero la pasión había tomado las riendas, convirtiéndose en su principal prioridad. Y, si Justin podía utilizar su mutua atracción para ganar, lo haría… a cualquier precio.

Apasionada… y luchadora

¡YA EN TU PUNTO DE VENTA!